異世界召喚されたら無能と言われ追い出されました。2

～この世界は俺にとってイージーモードでした～

ALPHA LIGHT

WING

アルファライト文庫

結城晴人――●
クラスごと勇者召喚された高校生。無能だからと追放されたが、神様からのお詫びチートで圧倒的な力を手に入れる。
フィーネ――●
鍛えてもらうために晴人とパーティを組むCランク冒険者。
エフィル――●
奴隷となっていたところを晴人に助けられたエルフのお姫様。
登場人物紹介

アイリス――●
晴人と行動を共にする
ペルディス王国の第二王女。
天堂光司――●
晴人のクラスメイトで、
クラスのリーダー的存在。
クレア――●
ペルディス王国にある
冒険者ギルドの受付嬢。
一ノ宮鈴乃――●
晴人のクラスメイトで、
学校一の美少女。

第1話　王都出発

俺——結城晴人は、ある日突然、クラス丸ごと異世界に勇者召喚された高校生。

ところがステータスを確認してみると、『勇者』の称号はなく、勇者に与えられるはずの『ギフト』もないことが判明する。

そのことを知った、俺たちを召喚したグリセント王国の王女マリアナは、『無能がいては足手まといになる』と言って、俺を王都から追い出したのだった。

そうして隣街ワークスへと向かった俺だったが、マリアナの差し向けた騎士によって殺されかけ、気が付くと神様の前にいた。

ギフトを与え忘れたお詫びとして、あらゆるスキルを作れるスキル万能創造や、全てを見通すスキル神眼などのチートスキルを手に入れた俺は、冒険者として活動し、グリセント王国へ復讐することを誓う。もちろん、元の世界へ帰る方法も探しながらだ。

無事ワークスへと辿り着き、冒険者登録を終えると、グリセント王国と隣国ペルディス王国との国境にある街ヴァーナを経由し、ペルディス王国の王都へと向かった。

ヴァーナで出会った冒険者の少女、フィーネとパーティを組んだり、ペルディス王国の第一王女、アイリスと知り合ったり、冒険者の最高峰であるＳランク冒険者と手合わせしたりと、忙しくも充実した日々を過ごしていた俺。

そんなある日、王都の冒険者ギルドマスターのゴーガンから、Ｓランク昇格のための試験を受けないかと打診される。

正直断りたかったのだが、結局はゴーガンの粘りに負けて話を受けることに。

そうして俺はフィーネと共に、試験内容であるワイバーン変異種討伐の準備を進めるのだった。

そうして迎えた、出発当日の朝。

俺とフィーネは、宿泊している新月亭の女将、ソフィアさんに挨拶をしに行った。

ワイバーンは西の山岳地帯にいるらしく、流石にしばらく宿を空けることになる。部屋と荷物の扱いがどうなるのか聞いておきたかったのだ。

「おはようございます、ソフィアさん。ジェインさんも」

宿の一階に下りると、そこにはソフィアさんだけでなく、宿の主人であるジェインさんもいた。普段は厨房に立っているから、あまり顔を合わせたことがないんだよな。

二人に挨拶をした俺は、しばらく戻ってこないことを伝え、部屋と荷物の扱いについて尋ねる。

するとソフィアさんが、宿泊代の仕組みについて説明してくれた。

長期宿泊で先に料金を貰っているから、荷物は置きっぱなしでもいいそうだ。ただ、報告もなく三週間戻らなければ、荷物は処分されてしまうらしい。

それほどの期間、連絡もなしだと、死亡扱いということになるんだとか。

なるほどと頷いていると、ジェインさんとソフィアさんが諭すように言う。

「ハルト。フィーネのことをしっかりと守ってやるんだぞ？」

「そうね。それに、ハルト君が死んじゃったらフィーネちゃんが悲しむから気を付けるのよ」

二人の顔を見ながら、俺は頷く。

「分かってるって」

「わ、私だって戦えるんですから！」

少し怒ったようにそう言うフィーネが微笑ましくて、俺たち三人はクスクスと笑う。

「美味い飯を作ってやるから、早く戻ってこい」

ニッと笑みを浮かべるジェインさん。この人の飯はほんとに美味いから楽しみだな。

「ああ！　……ってやばい、待ち合わせに遅れる！　行くぞ、フィーネ！」

「はい！」

今回は移動に時間がかかりそうだったので、馬車と馬を昨日購入したのだ。朝に店で引き取ることにしたため、あまりゆっくりしていると店の人に迷惑がかかってしまう。

俺とフィーネは、ジェインさんとソフィアさんに「行ってきます」と告げ、急いで新月亭を出た。


店の前では、昨日の店主が馬車と馬を準備し終えた状態で待っていた。

「悪い、待たせた」

「遅れてすみません」

俺とフィーネは軽く頭を下げる。

「いえいえ、大丈夫ですよ……準備の方もできております」

「ありがとう。コイツ、昨日の夜はしっかり休んでいたか？」

俺は馬車に繋がれている馬の頭を撫でながら、店主に問う。

「ええ、いつもは言うことを聞かず夜中も暴れるようなじゃじゃ馬だったのに、昨晩は驚くほど大人しく眠っていましたよ。きっと今日に備えていたんでしょうな」

「そうか。また馬を買いに来ることもあるかもしれないが、その時は頼む」

「はい。その時が参りましたらよろしくお願いします」

俺は店主が頭を下げるのを横目に、馬車の御者台に乗り込む。

フィーネも後ろのスペースに座って、準備万端だ。

「よし、それじゃあ行くか！」

俺の言葉に反応して、馬がこちらを振り向いて「ヒヒィーン」と嘶いた……まるで『俺に任せろ！』とでも言っているかのように。

とても頼もしい相棒になりそうだ。

俺とフィーネは店の前から離れると、西門へと向かう。

ワイバーンがいる山岳地帯は西の方角に直線距離で三十キロメトル。まっすぐ道が伸びているわけではないし、フィーネの訓練のために途中で魔物を狩るつもりだから、普通よりゆっくり行く予定だ。ま、それでも二日もあれば麓に着くだろうけどな。

王都近くでは魔物は出現せず、馬車を進めることしばし。俺はふと、思い出したことがあった。

「なあフィーネ、そういえばまだこの馬に名前つけてなかったよな」

「あ、そうですね。何か候補はあるんですか？」

そう言われて俺は少しの間考えたが……思い付かない。

「ハルトさんが選んだんです。ハルトさんが決めるべきだと思いますよ？」

フィーネがそう言うが、俺は首を横に振る。

「俺は名付けのセンスがないんだよ……」

昔から、家族や友人たちに言われていたからな……

「そ、そうなのですか。でも何かいい名前が見つかるはずです！　二人で考えましょう！」

「そう、だな」

俺を励まそうと、フィーネが明るく振舞う。

うっ、その優しさが心に染みるぜ……！

馬車を走らせつつ、いくつかフィーネに案を出してもらいながら、じっくりと考える。

休憩がてら昼食を終えたところで、俺はようやく名前を決めた。

「よし！　お前の名前はマグロだッ！」

首の辺りをたたきながら言うと、マグロは『いい名前じゃねーか！』と言いたげに「ヒヒィーン」と嘶いた。

「ハルトさん。その名前ってどんな意味なんですか？」

ん？　この世界にはマグロはいないのか。

「意味、か……俺の故郷にいた、元気に泳ぎ回ってる魚の名前だよ。じゃじゃ馬だったたっていうこいつにはぴったりだろ」

「本当にそれでいいんでしょうか……でもまあ、喜んでいますし」

どことなく遠い目をしてフィーネが言う。

俺もそう思うけど、当の本人が気に入ってるっぽいからなぁ……うん、まあ良しとしよう。

「よし！　これからよろしく頼むぜ、マグロ（相棒）！」

「ヒヒィーン！」


それからも何事もなく進み、暗くなり始めたところで野営の準備を始める。

といっても眠るのは馬車の中だから、正確には夕食の準備だな。

俺は拾ってきた薪（まき）に魔法で火を点（つ）け、異空間収納から網（あみ）と鍋（なべ）を取り出した。

その光景を見て、フィーネが「え？　なんで鍋なんか出したんですか？」と尋ねてくる。

ん？　俺、何か間違ったかな？

「そりゃ料理するんだから鍋は必要だろ？」

俺がそう言うと、フィーネは呆（あき）れてため息をついた。

「ハルトさん、野営での食事は、干（ほ）し肉や干した果物等を食べるのが普通です。野外でしっかりとした料理をすると、匂いに釣（つ）られて獣や魔物が寄ってくることがありますからね。だいたい、護衛（ごえい）の時だってそうしてたじゃないですか」

「確かにそうだったな。でも食事は大事だからな、ちゃんとしたものを食べないと」

俺はそう言って、そのまま料理を作り始める。

「あっ、結局作るんですね……」

そんなフィーネの呟（つぶや）きを聞き流して、俺は料理に取りかかる。時間がもったいないからな。

そういえば、この世界に来てから料理するのは初めてだな。美味くできるといいんだが……

今日のメニューは肉が多めの野菜スープだ。

まずは異空間収納から、王都で買っておいた鳥の魔物の肉を取り出し、一口サイズに切る。それを油をひいておいた鍋に入れ、軽く焦げ目がつくまでしっかりと火を通す。

次に野菜を加えて炒めてから水を入れる。沸騰したところでスパイスと塩を入れ、味を調えたら完成だ。

いつのまにか、俺たちの馬車の周りには獣たちが集まりつつあった。

といっても、どれも大したことない雑魚ばかりだ。軽く威圧してやると、あっという間に去っていった。

気配察知とマップで確認しても近くに獣や魔物はいないので、ゆっくり飯を食べられそうだな。

俺はマグロの前に餌の果物を置いてから、自分とフィーネの分のスープを器によそい、さっそく食べ始める。

俺の特製スープを口にしたフィーネは、目を輝かせていた。

「ん～、美味しいです！　まさかこんなに美味しい料理を、野営の時に食べられるとは思いませんでした！」

喜んでもらえて何よりだ、と思いながら俺もスープを一口。

お、思っていたよりうまくできたな。見慣れない野菜だから少し不安だったけど、いい味が出ている。肉も食感がいいな。

俺とフィーネは雑談を交えながら食事を進め、結局スープを一滴も残さずに完食した。

その後は俺が食事の片付け、フィーネが寝床の準備と役割を分担し、テキパキと動く。

あっという間に作業を終えた俺たちは、特にやることもないので寝ることにした。

とはいえ、片方は見張りをする必要があるため、交代で一人ずつ寝ることになる。

食事の時に話し合って、フィーネが先に見張り番をすることになっていた。

もっとも、フィーネ一人に全てを任せるのは申し訳ない。

そのため俺は、結界魔法を使うことにした。

「フィーネ、魔物や盗賊が出るかもしれないから、一応結界を張っておいた。災害級までなら防げると思うから、安心してくれ」

「結界ってあの強力なやつですか……」

フィーネが言っているのは、アイリスが襲（おそ）われた時に使ったやつのことかな？

「ああ。でも別に強力ってほどでもない、普通の結界だぞ？」

「ふ、普通ですか？」

引いているように見えるフィーネは放っておいて、俺は寝ることにした。

「おやすみ、フィーネ」

「は、はい。おやすみなさい、ハルトさん……」

やっぱり引いてるよな？

ハルトが寝た後、フィーネは焚火の番をしながら、一人考えていた。

いつから自分は、彼のことを好きになったのかと。

出会いは偶然だった。国境の町ヴァーナで四人組の冒険者に絡まれたのを、助けてもらったのだ。

その時は、ただ強くて優しい人だなとしか思わなかった。

しかしその後の護衛依頼で、彼の凄さを実感した。

魔力弾とかいう聞いたこともない魔法を使って、指先から魔力の塊を放ち、ゴブリンを瞬殺したのだ。

それから襲いかかってきた盗賊を倒した時も、アイリス王女を守った時も、そしてSランクの冒険者との模擬戦に勝った時も……

ハルトはその力を、堂々と振るっていた。

しかし決して、力に溺れて非道な行いをすることはなかった。

それどころか今は、フィーネの身を案じて結界まで張ってくれている。

アイリスを守った時から薄々気付いていたが、ハルトはやはり、仲間を大切にする優しい人間なのだ。

そのことを改めて理解したフィーネの胸には温かいものが溢れてきていた。

フィーネはちらりと、馬車を見る。

そこで眠るハルトの姿を見て、確かに胸が高鳴った。

これが恋なのだと、フィーネはようやく認めた。

そして同時に考える。

――ハルトは自分のことをどう思っているのだろう、と。

そもそも、彼は自分のことを嫌っているのではないか、と考えかけ、すぐに首を横に振る。

もしそうだとしたら、この旅に同行することや、それどころかパーティを組むことだって拒否しただろう。

では、彼は自分のことが好きなのだろうか？

いくら考えても、フィーネにはその答えは見つからない。

ハルトは優しい。それゆえに、自分に向けられている優しさが恋愛的な好意なのか判断がつかないようだった。

ふと、そこで考える。

あれほどの力を持っている彼は、どうしてあそこまで優しいのだろうか？

もっと傲慢になったり、あるいは誰彼かまわず乱暴に振舞うようになったりしてもおかしくないのに。

それでも彼は、優しさを忘れない。

力を得たのが先か、優しさを元々持っていたのか、それは分からないが、今の彼になるきっかけがあったはずだ。

「ハルトさんのこと、もっと知りたいです……」

焚火にかけられたその言葉は、誰にも届くことなく消えていくのだった。

第2話　亜空間とワイバーンの討伐

翌朝、俺が朝食を作っていると、匂いで目が覚めたのかフィーネが起きだしてきた。

「おはようフィーネ。少し待っててくれ、あと少しで朝食ができるから」

「おふぁようございます、ふぁ～……」

フィーネは目を擦りながら眠そうに答える。

「……顔を洗ってきたらどうだ？」

「ふぁい……そうします」

フィーネはまだふらふらしていたが、俺の言葉に従って近場の川へと向かった。

俺は鍋に入ったスープをかき混ぜながら、その姿を見送る。

今日の朝食は王都で買ったパンと、思っていた以上に硬かったそれを柔らかくするためのスープだ。

スープの味を確認した俺は、異空間収納から果物を取り出して、マグロに与えた。

「今日もよろしくな、相棒」

「ヒヒィーン！」

マグロは元気よく嘶き、果物をバクバクと食べ始めた。

と、その時、フィーネが戻ってきた。

「お待たせしました……いい匂いですね」

フィーネは鼻をスンスンと鳴らしながらそう言う。

「ああちょうど今できたところだよ。食べようか」

「はい」

スープを器によそった俺たちは丸太の上に座り、手を合わせた。

「「いただきます！」」

俺はさっそく、パンをスープに浸して口に入れる。

うん、少し濃い目の味付けにしたけど、ちょうどいいみたいだな。

フィーネを見ると、俺の真似をしてパンを口に運び、幸せそうな笑みを浮かべていた。

「んん～っ！　スープがパンに染みていて、とてもおいしいです！」

……おっと、あまりにも可愛いから見惚れてしまっていた。

なんだか照れくさくて、俺は誤魔化すように朝食を進めるのだった。

朝食を終えた俺たちは、山岳地帯を目指して出発した。

ここから先は魔物が出てくるようになるので、細心の注意を払う。

とはいっても、群れからはぐれたような魔物が一、二匹現れるだけだったため、基本的には訓練がてらフィーネに戦ってもらった。俺は指導係兼後方支援だ。

午前に二回、昼食を挟んでさらに三回の襲撃を退け、俺たちは夕方頃には山岳地帯の麓にある森へと辿り着いた。

大体予想通りの進み具合だが……このタイミングで、また襲撃か。

「フィーネ、気配察知に魔物が引っ掛かった。気配は五つ。グレイウルフだな」

「分かりました！」

俺の言葉に、フィーネは力強く頷く。

流石にフィーネ一人で五匹の相手はできない。せいぜい二匹同時だろうな。

そんなことを考えながら、俺とフィーネは馬車から降りて襲撃に備える。

するとすぐに、グレイウルフが五匹、目の前に飛び出してきた。

俺はすかさず敵の集団の中心に、氷属性の初級魔法、アイスボールを放つ。

二匹はフィーネ側、三匹はこちら側へと回避した。よし、うまく分断できたな。

俺はそのまま距離を詰めると、『抜刀術』のスキルで腰に差していた黒刀を抜き、三匹を同時に仕留めた。

グレイウルフの死体を異空間収納に回収しながらフィーネに目を向けると、彼女はちょうど一体を剣で倒したところだった。

今日一日で何度か戦いを経験したおかげか、動きはかなりスムーズだ。

さらに背後から襲い掛かってきたもう一匹に対しても、冷静に対応する。

フィーネは振り向きざまに手の平をかざし、魔法名を唱えた。

「アイスボール！」

フィーネの手の平から十五センチ弱の氷の塊が出現し、グレイウルフへと放たれる。

グレイウルフは空中で身をよじって氷の塊を躱すが、そこへフィーネがすかさず剣を突き入れ、無事に仕留めることができたのだった。

最後まで見届けた俺は、フィーネに賞賛の言葉を送る。

「凄いな。以前より戦い方がよくなってるよ」

「ありがとうございます！　ようやく、一人でここまで戦えるようになりました！」

「もっと強くならないとな」

「はい！」

フィーネは実力が上がったことを喜んでいた。

この調子なら、あっという間に成長するだろうな。

そこから再び馬車を進め、山を登りつつ森を抜けたのだが……

「ここから先は馬車では無理そうだな……」

その先は、とてもではないが馬車が通れる道ではなかった。

「ハルトさん、どうしましょうか。馬車はここに置いていきますか？」

うーん、せっかく買った馬車だから、それは避けたいんだよな。

不安そうにフィーネが見つめる中、俺は頭を働かせる。

異空間収納には馬車は仕舞えるけど、マグロはどうだろうな……生き物は入れたことがないし、かといってマグロで試したくもない。

異空間収納に使っている時空魔法で、たとえばどこか遠い場所に繋がる門みたいなものを作るのはどうだろうか？　でも繋げる先がないいんだよな。

いっそのこと、俺だけの別の空間、というか世界とか作っちゃうか？　流石にやりすぎかな？

……いや、実際アリかもしれないな。

俺の万能創造は、望むものは何でも作れてしまう。

その力と時空魔法を利用して、俺だけの世界――『亜空間』を作ればいいんだ。

俺はそのことに思い至ると、パッと顔を上げてフィーネを見つめる。

「フィーネ、いい案を思いついたからちょっと待っていてくれないか？」

「は、はい……ハルトさんにお任せします」

フィーネはなぜか顔を赤くしているが、俺は気にせずに魔力を練り上げていく。

まずは大量の魔力と時空魔法の力で、亜空間を作る。そしてそこに繋がる門を作れば……

「ハ、ハルトさん！　この黒いの、何ですか⁉」

フィーネの言葉通り、俺たちの目の前には、人が余裕で通れそうな大きさの黒いモヤのようなものが現れた。

「これは亜空間に続く門だ」

「亜空間、ですか？　初めて聞きました」

「ここは隔離された、もう一つの世界みたいなもんだよ……少し中を見てくるからそこで待っててくれ」

「え、はい……」

俺はそう言って、フィーネと馬車の周りに結界を張る。これで俺が亜空間にいる時に襲われても大丈夫だ。

亜空間への門に近付いてみるが、真っ暗で何も見えない。

恐る恐る手を入れてみても、空を切るだけだった。

そこで思い切り首を突っ込んでみると……

なんと、広々とした草原が広がっていた。

俺はそのまま、草原へと足を踏み出す。

するとその途端、目の前に半透明のウィンドウが現れた。ステータス画面とそっくりだな。

えーっと、『操作してください』、ね。

目の前のウィンドウに触れると、文字が浮かび上がった。

この亜空間では、魔力を消費することで空間内部を自由にカスタマイズできます。

なお、現在のこの空間は五百キロメトル四方あります。（メニューより調整可能です）

「いや広すぎるだろ⁉」

ウィンドウ……というかメニューに浮かんだ文字を見て、俺は思わず突っ込みの声を上げた。

そんなに広くても使いきれないぞ……

とりあえず三百メトル四方もあれば十分か。

そう思って設定を変えてみたが、特段変わった感じはしない。

設定に合わせて壁（かべ）ができるってわけではないんだな。

そこからさらに、メニューを見ていくと、〈建築〉の項目が目に入った。

気になったので確認してみる。すると様々な種類の建物が、説明付きでリストアップされた。

「これは城か？　こっちは現代風のコンクリの一軒家（いっけんや）……ってそんなの流石にフィーネに怪（あや）しまれるだろ」

ざっと見ていった感じ、この世界っぽい洋風の建築物はない。

しょうがない、木造の建築物はこっちの世界でも何度か見たし、ここは広めの日本家屋（かおく）にしておくかな。

そう思って選択すると、今度は亜空間内のマップが表示される。

なるほど、どこに置くか選べるのか……なんかゲームみたいだな。

適当に場所を選択すると、目の前が一瞬光り輝き、次の瞬間には立派な日本家屋が完成していた。

けっこう魔力を持ってかれたけど、まあ俺にとっては微々たるもんだな。

「よし、次は家具か」

それから俺は、次々に内装を整えていった。

そうそう、マグロ用に庭と厩舎も作らないとな。

一通りを整えたところで、フィーネとマグロを呼ぶために亜空間から出る。

俺が出てきたのを見て、フィーネが詰め寄ってくる。

「どうでしたか？」

「なかなか快適だったな。ほら、フィーネとマグロも中に入るぞ」

俺は、今度はフィーネとマグロを連れて亜空間に入る。

そしてフィーネは一歩足を踏み入れた瞬間、口をパクパクさせて動かなくなってしまった。

しばらくは復活しないようなので、マグロを庭へ連れていってやる。

大はしゃぎしている間に、厩舎に夕食を置いておいた。

「マグロ、ここがお前の寝床だ。夕食を置いといたから、好きなタイミングで食えよ」

「ヒヒィーン！」

分かってくれたようだ。

門の近くに戻ると、フィーネが復活していた。

「な、なんですかこれは⁉」

「だから亜空間だって。何もない草原だったから、魔力で家を建（た）てたんだよ」

「いや、魔力でって……そんなことできるんですね」

「ああ、この空間内だったら、俺の魔力で何でも作れるっぽい」

そう説明すると、フィーネは遠い目をしながら「いや、そんな簡単に……でもハルトさんですもんね……」と呟いていた。

納得してもらえたならそれでいいや。

「ほら、家の中を見よう」

俺はそう言って、フィーネを促（うなが）す。

外見（がいけん）通り、家の中はかなり広かった。

日本家屋をベースにしたせいで畳（たたみ）の上にソファが置いてある妙な部屋もあったが、どの部屋も広々としている。

キッチンには高性能の魔道具がシステムキッチンとして組み込まれている。俺が魔道技（まどうぎ）

師のスキルを持ってることと関係あるのかな？

そして浴室は四人同時に入れるほどの広さがあり、シャワーも完備、大きな湯船はヒノキ製だった。

シャンプーとリンス、石鹸などは錬成スキルで作成済みだ。

お風呂を見たフィーネが目を輝かせる。

「どうした？」

「あの、今日はこれに入るんですか⁉」

「もちろんだ。風呂は毎日入りたいからな」

「毎日って……普通お風呂は、貴族様くらいしか入らないんですよ？　大浴場が付いている宿もありますが、一般人の家にお風呂があることはまずありません。大体はお湯とタオルで身体を拭うくらいです」

そうなのか。確かに俺も、ヴァーナで入ったきりだったもんな。

「へぇ～、でもこれで風呂に入れるな」

「はい！　私、お風呂に入ったことがあまりないので、毎日入れるなんて夢みたいです！　楽しみにしてます！」

そうしてあらかた部屋を見終えたところで、夕食をとることにする。

せっかくキッチンが広いので、昨日よりもしっかりした料理だ。

今回はフィーネが手伝ってくれたこともあって、あっという間に準備も食事も片付けも終わったのだった。


食事を終えた俺たちは、二人で風呂へ向かう。

もちろん、一緒に風呂に入るため……ではない。

フィーネに風呂の使い方をレクチャーするのだ。

俺はまず、蛇口を捻って湯を張る。

「わぁ、湯気が……熱くないんですか？」

「大丈夫だ。しっかり調整している」

シャワーの使い方を教えてから、浴室を後にする。

それから一時間後──

「今上がりました」

リビングでくつろいでいると、フィーネがお風呂から上がってきた。

けっこう長風呂だったなと思いつつ振り返り、「どうだった？」と声をかけようとしたところで言葉に詰まってしまった。

濡れた髪に、ほのかに漂う石鹸とシャンプーの香り。

その色っぽさは反則だろ……

固まってしまった俺を見てフィーネが首を傾げるので、慌てて口を開いた。

「ど、どうだった？」

「湯船に浸かったおかげで疲れが取れて、気持ちよかったです！」

「ならよかったよ。そこにドライヤーがあるから使ってくれ」

「どらいやー？」

あ、そうか。ドライヤーなんてこの世界にないよな。

俺はフィーネにドライヤーの使い方を教える。

その時の距離があまりにも近すぎて、心臓がかなりドキドキしてしまった。

俺は一通りの操作方法を教えると、「こんなものがあるなんて！」と驚くフィーネを置いて、理性を失う前に急ぎ足でお風呂に向かうのだった。

翌朝、俺とフィーネは亜空間を出て山を登っていた。

ワイバーン変異種がいるのは山頂付近らしいので、黙々と進んでいく。

途中、通常種のワイバーンや、それ以外にも山に棲む魔物が襲いかかってきた。

数が多い時は俺がまとめて倒し、フィーネにも倒せそうな相手の場合はフィーネに戦ってもらった。

その結果、俺もフィーネも大量の経験値を獲得することができた。

そういえば、ここまで大量の魔物と戦うことってなかったよな……これはけっこうレベルが上がってそうだな。

そんなことを考えているうちに、あっさりと山頂に到着する。

ワイバーンの影も形もないか……山頂付近にいるって話じゃなかったか？

疑問に思っていたら、気配察知のスキルに反応があった。

慌ててマップを確認すると、その反応は俺たちの周りをグルグルと回っている。

しかし左右を見回しても姿はない……ということは上か！

見上げると、そこには探していたワイバーン変異種がいた。

十メトルほどの巨体に、赤黒い鱗。

通常のワイバーンは大きくても五メトルの体長に、鱗は鮮やかな赤だ。

鑑定を発動する。

名前　：ドラゴンワイバーン
レベル：124
スキル：火魔法Lv８　咆哮Lv６　威圧Lv６　魔法耐性　物理耐性
称号　：変異種

名前がただのワイバーンじゃなくて、ドラゴンワイバーンになってるな……種族が変わったってことか。

そして何より、レベルの高さとスキルの豊富さが目を引く。

『通過した後が災害後のように荒れ果てる』と言われる災害級かそれ以上じゃないか？

俺はフィーネに警告する。

「目的のワイバーンだ！　フィーネは隠れろ！」

「わ、分かりました！」

駆け足で俺から離れるフィーネ。

だが、ワイバーンはそんなフィーネへと襲いかかる。

「ちっ」

俺は舌打ちしながら、ワイバーン変異種に威圧を放つ。

そして怯んだ隙をついて、高速移動のスキル縮地を使ってフィーネに近付き、そのまま抱えて走り出す。

「ふぇっ!?　は、ハルトさん!?　何を——」

急にお姫様抱っこをされたことに戸惑い、フィーネは目を白黒させる。

「狙われているぞ！」

「私がですか!?」

「ああ。逃げる方を狙ったんだろうが……とりあえずフィーネはここに下ろす。結界を張るから、討伐が終わるまで待っていてくれ」

ワイバーン変異種からそれなりに距離を取ったところでフィーネを下ろし、結界を張る。

「分かりました。気を付けてください」

「ああ、行ってくる」

ワイバーン変異種の方に向き直れば、滞空したまま、こちらを睨みつけている。

そして、威圧で行動を抑え込まれた怒りからか、大きく咆哮を上げた。

「GURUAAAAAAAAA！」

通常種のワイバーンではとても出せないような威圧を発する変異種を見据え、俺は黒刀を抜いて構える。

「一瞬でもフィーネを狙ったこと、後悔するんだな」

俺はそう零し、縮地で変異種に肉薄して刀を軽く振るう。

変異種は大きく羽ばたいて後退し、刀を避けたかと思うと、がばっと口を開いた。

その口に火球が生まれ、見る見るうちに大きくなっていく。

そして一メトルほどの大きさになった時、火球は俺へと放たれた。

一瞬、黒刀で切断しようと思ったが、あまりの熱量に結界を展開する。

数秒後、結界を大きな衝撃が襲った。

その後ワイバーン変異種は、同じ火球を連発する。

結界は幾度も揺さぶられ、ついには亀裂が入った。

「まじか⁉　この結界、かなり頑丈に作ったんだけど⁉」

俺は慌てて、土属性魔法で結界と自分の間に壁を作る。

ワイバーン変異種と俺の間に壁が完成し、変異種の視界を遮った瞬間、結界が崩壊して火球が土壁に直撃した。

土壁は一瞬で破壊され、さっきまで俺がいた場所を火球が襲い、辺りに砂塵が立ち込める。

「ＧＵＲＵＡＡＡＡＡＡＡＡッ！」

ワイバーン変異種が勝ち誇るように咆哮を上げ、羽ばたきで砂塵を吹き飛ばす。

しかし俺はとっくにそこにいない。

壁が完成した瞬間に、ステルスのスキルと気配遮断のスキルで姿と気配を消していたのだ。

少し離れた空中に結界魔法で足場を作っていた俺は、縮地を使って敵に近付く。

「貰ったぜ！」

相手は物理耐性を持っているため、普通の斬撃では効かないと判断した俺は、一度刀を鞘に納める。

そしてスキル抜刀術とスキル加速を併用し、神速の一撃を放った。

攻撃が当たる直前、気配遮断が解除されたためにワイバーン変異種は俺に気付いたようだが、もう遅い。

避けきれずに右翼が切断される。

切断された右翼は、すぐに異空間収納によって回収する。

「GUGYAAAAAAAAッ!?」

ワイバーン変異種はバランスを崩し、悲鳴を上げながら墜落した。

そのまま地面に叩きつけられたワイバーンはすぐさま起き上がるが、切断された翼の傷痕からは血が流れ続けている。

そして着地した俺を睨みつけ、咆哮を上げた。

「GURUAAAAAAAA！」

次の瞬間、ワイバーンの周囲に無数の炎の槍が浮かび上がり、こちらへと放たれる。

明らかにさっきより多くの魔力が込められているから、ただの結界じゃ一瞬で破られるだろうな……

俺はすかさず、新しい結界を生み出した。

「――空間断絶結界（イージス）！」

この空間断絶結界は、結界魔法に時空魔法を組み合わせたものだ。

時空属性によって、結界自体が時空を断絶する能力を持つため、外的要因に干渉されることはない。

つまり、絶対に壊れないのだ。

無数の炎の槍が直撃するも、空間断絶結界はびくともしない。

そしてついに、ワイバーン変異種の攻撃が途切れた。

「ありがとうな。お前のお陰で新しい最強の守りが手に入った」

俺はそう言って空間断絶結界を解除すると、そのままワイバーン変異種へと駆け出す。

もちろん鋭い鉤爪を振り下ろしてくるが、俺は跳び上がり——

そのまま交錯し、着地した俺は抜刀していた刀を納める。

次の瞬間、俺の背後でワイバーン変異種の首がズレるようにして地面に落ちた。

遅れて、首が無くなった巨体もゆっくりと倒れ、大きな音を響かせる。

俺が「ふぅー」と一息ついてワイバーン変異種の死体を異空間に収納していると、フィーネが駆け寄ってきた。そうだ、結界の内側から抜けられるようにしてたんだったな。

「ハルトさん、お怪我はありませんか⁉」

フィーネは心配そうに、俺の体をあちこち触り確かめる。

俺は思わず、両手でフィーネを引き離した。

「心配しすぎだ」

俺は両手を動かし「ほらな?」と無事なことを告げる。

「す、すみません！」

体を触りまくったのが急に恥ずかしくなったのか、フィーネは顔を赤くして、両手で顔を覆ってしまう。

と、そこで、フィーネのポーチの中身が光っていることに気付いた。

「フィーネ、なんか光ってるぞ?」

フィーネは「え?　なんでしょう?」と言ってポーチを開き、確認する。

「冒険者カード……?　光ってるところなんて初めて見ました」

どうやら光っていたのは冒険者カードだったみたいだ。

しかしフィーネは、冒険者カードをじっと見て動かなくなってしまった。

「どうした?」

「は、はい。その……ハルトさんもカードを確認してみてください」

俺はわけが分からないまま、言われた通りに異空間収納から冒険者カードを取り出す。

俺のカードはフィーネのとは違って、金色に光っていた。元のカードの色の違いで光の色も違うのか?

そしてカードの裏面を見るとそこには——

『緊急依頼発令』という物々しい言葉が浮かんでいた。

第3話　緊急依頼

「緊急……」

「依頼？」

俺とフィーネはそう呟き内容を確認する。

緊急依頼
内容：王都北方向に魔物の大群が出現。原因、数は不明。
　戦える冒険者はギルドに集合せよ。
　なお、Bランク以上の冒険者は強制参加である。
報酬：五万ゴールド

俺はAランクだから強制参加か……Sランクになったら緊急依頼の強制受諾義務を特別に無しにしてもらえるって話だったから、昇格していればこれも無視できたのかな？

そんなことを考えている俺を見て、フィーネは焦ったような声を上げる。

「ハ、ハルトさん。早く王都に戻らないと皆が‼」

「落ち着けフィーネ」

「こんな状況で落ち着いていられますか⁉　早く、早く戻らな――」

「フィーネ！」

「ッ！」

　俺はフィーネの肩を掴み落ち着かせる。

「まずは落ち着け。こういう時こそ落ち着かなければダメだろ。それに今すぐ戻る手段はあるから大丈夫だ」

「は、はい……その、どうやって今すぐ王都に戻るんですか？　ここまで来るのにも丸二日かかったんですよ？」

　ようやく落ち着いたフィーネは、そう尋ねてきた。

　確かに二日かかったが、それはかなりゆっくり進んできたからだ。急いで馬車を走らせれば一日で戻れるし、フィーネに亜空間にいてもらって、身体強化した俺が走れば二、三時間で王都に着くだろう。

　だが今回は緊急だからな、もっといい手段を思いついた。

「それは――空間転移だ」

　実際のところ、転移を試したことはないのだが、時空魔法をうまく利用すれば何とかなるはずだ。

　フィーネは一瞬きょとんとする。

「あの……今、何と？」

「転移で王都に戻る」

「転、移……ってえええええ⁉　あの、ダンジョンにある、一度行った階層に行けるって機能ですよね。あれを使って王都まで？　でもここはダンジョンじゃないですよ？　それにそんなことができる人がいるなんて、聞いたことがありません！」

　へえ、ダンジョンがあることは知ってたけど、転移機能まであるんだな。

　俺が的外れなことを考えている間も、フィーネは混乱している。

「まあ、やって見せた方が早いよな……フィーネ、俺の体につかまってくれ」

「こう、ですか？」

　フィーネはおずおずと俺の服の裾をつまむと、ぎゅっと目を閉じた。

　……ちょっと思ってたのとは違うけどまあいいか。

　よし、それじゃあさっそく試してみるか。

　まずは目を閉じ時空魔法を発動して、その魔力を俺とフィーネにまとわせて……あとは行きたいところをイメージすればいいのか？

　ここまで向かってくる時に通った、王都西門を出てしばらく進んだ道、その途中の森を強くイメージする。

すると次の瞬間、軽い浮遊感(ふゆうかん)に襲われる。

そして目を開けると、俺たちは見覚えのある森に立っていた。

木々の切れ間から王都を囲む壁が見える。どうやら転移に成功したようだ。

「フィーネ、着いたぞ」

俺がそう声をかけると、フィーネは恐る恐る目を開けた。

「この森は……あっ、あれは王都ですか⁉」

驚きの声を上げるフィーネに、俺は頷く。

「ああ……それじゃあ人目につかないところでマグロと馬車を出そうか」

「そうですね、このまま歩いて戻ったら流石に不審(ふしん)がられそうですから」

というわけで、俺たちは馬車に乗り込んで王都に向かって街道を進んでいく。そんなに離れていないし、数分で着くだろう。

そして俺は、この数分の間にやりたいことがあった。

それはコートの制作だ。

なにせ今着てるマントがボロボロだからな、新調(しんちょう)したいのだ。

「フィーネ、ちょっと後ろの荷台のスペースに移っていいか？」

「ええ、大丈夫ですけど……運転は大丈夫ですか？」

「ああ、マグロなら任せて問題ないだろうからな」

俺はそう言って、御者台から荷台に移る。

「何をするんですか？」

そう聞いてきたフィーネに、俺はにやりと笑って答えた。

「ああ、マントがボロボロになってきたから、コートを作ろうと思ってな」

言いながら、素材を出す。

今回使うのは、ワイバーン変異種の鱗と皮膚（ひふ）だ。

「それは……さっきのワイバーン変異種ですか？」

「ああ、魔法や物理の耐性が強かったからな。まあ見ててくれ」

俺はそう言って、鱗と皮膚に魔力を注ぎ込む。

黒刀を作った時と同様、素材に魔力を込め、異空間収納内で時間を超加速することで馴（な）染（じ）ませ、変質させ、これを数回繰（く）り返す。

こうすることで、通常ではありえない密度（みつど）の魔力を秘めた素材が出来上がるのだ。

そうして素材が完成したところで、錬成のスキルを発動する。

魔力が可視化（かしか）され、真紅（しんく）の雷（いかづち）が迸（ほとばし）った。

ものの数秒で完成したそれは、黒地に所々に赤色が入った、カッコいいデザインのコートとなった。

俺は性能を確認するため、神眼（ゴッドアイ）で鑑定する。

名前　：黒のコート
レア度：幻想級（ファンタズマ）
備考　：晴人が作ったコート。倒した魔物を経験値として吸収することで進化する。使用者の魔力を吸うことで、魔法耐性（中）、物理耐性（中）の効果を常時発動する。

レア度は幻想級（ファンタズマ）か。

一般的な製法でできるアイテムの最高のレア度は、もう一つ下の伝説級（レジェンド）のはずだが……かなり特殊（とくしゅ）な作り方をしたおかげで、それ以上のレア度になったのか？

性能についてもなかなかだな。

魔法耐性は魔法攻撃への耐性、物理耐性は物理攻撃への耐性がある……文字通りだな。

ただ、この『(中)』って表記は何だ？　初めて見たな……

そう思っていると、頭に説明が流れ込んできた。

これはアイテムそのものが持つ効果の大きさを表し、上から極、大、中、小とあるそうだ。

耐性系ならダメージを軽減する効果を持ち、極が八十％軽減、大が五十％軽減、中が三十％軽減、小が十％軽減だとか。

ぶっちゃけ極がついてほしかったが、中でも十分に強力だ。

俺が思わずガッツポーズをすると、フィーネが首を傾げた。

「どうしました？」

「予想以上の出来だったんだよ。なんとレア度が幻想級なんだ！」

「えっ、ファ……ええええええ⁉」

フィーネはそこまで言って、固まってしまった。

そんなに衝撃的だったか？

ともあれ、そろそろ王都だ。着く前にこの後の動きについてフィーネと共有しておかないとな。

「フィーネ、王都に着いたらまずは新月亭に戻って馬車と馬を預けよう。そのあとギルドに向かってから、俺は最前線に行く。フィーネは後方で待機していてくれ」

「は、はい、分かりました！」

一気に説明されたことでフィーネは正気に戻ったのか、素直に頷く。

そうこうするうちにあっという間に門に着き、冒険者カードと、この国の王であるディランさんに貰った短剣を見せて王都に入る。

厳戒態勢だから、短剣がなかったらこんなにあっさり入れてもらえなかっただろうな……

そのまま新月亭に到着すると、ジェインさんが出てきた。

「ハルトじゃないか。もう戻ってきたのか」

「まあな。悪いが馬と馬車を預かってもらえるか？　今からギルドに行かなくちゃならないんだ」

「例の魔物の大量発生か……気を付けるんだぞ。俺たちもじきに避難する予定だ」

「ああ、ありがとう。俺が全員倒してきてやるよ」

俺はそう言ってニッと笑う。

「フィーネも気を付けろよ！」

「はい！　……私は後方で待機ですけど」

「それでも、だ」

「……はい。ありがとうございます！」

ジェインさんの真面目な表情に、フィーネは頷く。

俺たちはジェインさんに背を向けると、すぐ近くにあるギルドへと駆け出した。

ギルドに到着し扉を開けると、受付エリアである酒場は人でごった返していた。

そのさらに奥で、ギルド長のゴーガンが毛のない頭を光らせながら、身振り手振りをまじえて状況を説明していた。

「魔物の大群は現在、北門に向かって進行している。数は約一万。四つある防衛線のうち、最前線である第一防衛線ではSランク冒険者三名大奮闘してるが、王都に到達するのも時間の問題だろう」

Sランク冒険者が三人？　そのうちの二人はノーバンとダインだろうけど……この王都にもう一人Sランクがいたのか？

ゴーガンは続ける。

「軍は確実に国民と王族を守るため、各所に配置されているが、正直まだまだ数が足りない。だから、この国を守るためにお前たちの力を貸してほしい！」

そう言ってゴーガンが頭を下げた。

ギルドマスターが頭を下げるとは誰も思っていなかったのか、その場が静まり返る。

しかしすぐに、「やってやるぜ！」「俺たちに任せろ！」「あんたが頭を下げてどうする」といった声が上がった。

ゴーガンは顔を上げると、「ありがとう」と言う。

話が一段落ついたようなので、俺はゴーガンに声をかけることにした。

「ゴーガン、今戻ったぞ～」

そんな呑気な声をかけられたゴーガンは俺に気付き、目を丸くした。

「ハルト！　途中で戻ってきたのか⁉」

「いや、ちゃんと倒してきたぞ。っていうかアイツ強すぎだろ、めんどくさい依頼を押し付けやがって……」

俺がそう愚痴ると、ゴーガンは申し訳なさそうな顔をした。

「それは悪かった……じゃなくて、ほんとに討伐したのか⁉　だとしたら戻ってくるのが早すぎないか⁉」

「あー、証拠出すからちょっと待ってくれ。悪い皆、ちょっとどいてくれるか」

「証拠って、討伐証明の牙か？」

俺が周りの冒険者をどかしていると、ゴーガンが不思議そうに尋ねてくる。

「いや……こいつだ」

俺はそう言って、マジックバッグから取り出すフリをして異空間収納からワイバーン変異種の頭部を取り出す。

「なっ⁉」

その巨大な頭を見て、ゴーガンが驚きの声を上げた。

周りの冒険者の中には、「ひぃ……」という小さな悲鳴を上げて後ずさる者もいた。

「ほら、これで信じられるだろ？　あ、戻ってきた方法は秘密な」

「おいおい、マジかよ……はぁ、分かった。確かにワイバーン変異種の討伐を完遂したようだな」

ゴーガンはため息をついて、言葉を続ける。

「戻ってきて早々で悪いが、今の王都の状況は分かっているな？」

「ああ。今さっきのゴーガンの説明を聞いていたからな……それで、俺は何をすればいい？」

「そうか、それではダインたちがいる最前線に行ってくれないか？」

俺が頷こうとした途端、冒険者の数人が声を上げた。

「おいおいゴーガンさん、こいつはまだ若い！　危険な前線に向かわせる必要はないだろう！」

「そうだ、魔物たちの中には災害級が何十体といるって話じゃないか！　こいつじゃすぐに……」

「こいつを行かせるくらいなら俺たちが行くぞ！」

うーん、装備なんかを見る限り、この三人はベテランっぽいな。きっといい人たちなんだろう。

ただ、俺がノーバンやダインに勝ったことを知らないらしいな。

周りの冒険者の中には、俺の実力を知っているからか、ゴーガンの意見に頷いているやつもいるが……

するとゴーガンが、三人組に言う。

「……お前らは任務で離れていたから知らんだろうが、このハルトはノーバンとダインとの模擬戦に勝っている。そしてそこのワイバーン変異種の頭だが、こいつはSランク昇格試験のための討伐依頼だった。こいつの実力は保証されてるから安心しろ」

それを聞いて、三人組は唖然としていた。

「さて、それじゃあ行くか」

俺はワイバーン変異種の頭を回収してから、周りを見渡してそう言う。

「戦いに出るやつらは俺と一緒に来い……ゴーガン、それで構わないな？」

「ああ……最前線は任せたぞ、ハルト」

俺はゴーガンの言葉に力強く頷いて、ギルドを後にするのだった。

俺とフィーネ、そして数十人の冒険者は、北門へと辿り着いた。

俺は一度、気配察知とマップを使って戦況を確認する。

ゴーガンの言っていた通り、最前線はすでに魔物の群れとぶつかっている。敵の中に切り込んでいる反応が三つあるが、これがダインたちSランク冒険者なのだろう。

彼らのおかげで進行は乱れているようだが、それでもいくつかの反応が第一防衛線を抜けて第二防衛線とぶつかっていた。第一防衛線が完全に破られるのは時間の問題だ。

急ぎ、前線に向かうことにした俺は、振り返って冒険者たちに告げた。

「残念だが、前線の状況はあまりよくない。皆は第二、第三、そして最終防衛線に入ってくれ！」

そして俺はフィーネに目配（めくば）せして、走り始めた。

第三防衛線に辿り着いたところで、俺たちは足を止める。

「フィーネはここで防衛に参加してくれ」

「分かりました。気を付けてくださいね」

「ああ」

見回せば、既（すで）に防衛線に加わっている冒険者グループがいるようで、フィーネはそこに入っていった。

俺はさらに進み、第二防衛線に到着する。

ここでは現状最前線をすり抜けてきた魔物を討（う）っているらしく、それなりの手練（てだ）れが揃（そろ）っているようだ。

と、そこで、前方に魔物の集団が現れた。

「なっ、あの数は……最前線は崩壊したのか!?」

「いや、よく見ろ、連中の後ろには敵が続いていない。たまたまあの規模（きぼ）で抜けてきただけだ！」

　そんな怒号（どごう）が飛び交う中、俺は敵の数を確認する。

　大体百匹くらいか……それなら楽に倒せそうだな。

　俺はそう判断すると、防衛線を構築する兵士と冒険者たちの間をすり抜けて、こちらへ向かってくる魔物目がけて進む。

「おっ、おい！　そこのお前、早く戻れ！」

「何やってるんだ、死にたいのか！」

「あいつ、ノーバンとダインに勝ったガキじゃねえか……いや、流石にあの敵の数は無理だ、引き返せ！」

　兵士と冒険者がそんなことを叫ぶが、俺は気にしない。

　そして魔物との距離が百メトルほどになった時、俺は威圧を放った。

「……道を開けろ」

　その結果、魔物たちはいっせいに動きを止め、その場に立ち止まった。

「聞こえなかったか？　道を開けろと言ったんだ……ってまあ、何言ってるか魔物には分からないか」

　俺はそう呟きながら、手の平に小さな火の玉を作り出し、魔物の群れの中心部へと放り投げる。

そして火の玉は魔物に触れた瞬間——大爆発を巻き起こした。

今俺が使ったのは、火属性上級魔法の大爆発。一見ただの火の玉だが、高密度の魔力が込められていて、着弾と同時に大爆発するという魔法だ。

周囲を爆風が襲い、後ろの兵士たちからは悲鳴が上がった。

俺はそれを気にせず、再び歩き始める。

風が吹いて砂煙が晴れると、魔物たちがいた場所はクレーターになっていた。

俺はそのクレーターを軽く飛び越え、最前線へと向かう。

背後では、いまだにどよめきが起こっていた。

第４話　Sランク冒険者たち

数分走り辿り着いた最前線では、兵士や冒険者たちに交じって、上半身裸のダインとノーバンが奮戦していた。

さらにもう一人、ダインとノーバンのように次々と魔物を屠っていく上半身裸の冒険者がいる。あれがもう一人のSランク冒険者なのだろう。

……ん？　あいつ、どこかで見た気がするな。

俺が悩んでいると、こちらに気付いたダインとノーバンが、前線を兵士に任せて向かってきた。

「おお、兄貴！　Ｓランクの試験に行ったたって聞いたが？」

「そうだ。引き返してきたのか？」

疲れた様子でそう聞いてくるダインとノーバンに俺は答える。

「ああ、試験ならもう終わったぞ。ゴーガンにも報告してある……てか数匹ならともかく、百匹も抜けさせるなよな。俺が倒したからいいけど」

「いや悪い、後ろにも防衛線あるしって油断してたら抜かれちまった。倒してくれてありがとな、兄貴」

「ったく、気を抜きすぎじゃないか？」

そんな軽口を叩き合っていると、もう一人のＳランク冒険者が歩み寄ってきた。

いやダインたちもだけど、魔物を放置してこっちに来るなよ……

呆れる俺に、そのＳランク冒険者は手を差し出す。

「はじめまして、ハルト君のことは二人から聞いているよ。二人を試合で倒したんだってね」

……ああ、コイツ、よく見たら王都で何度か見かけた全裸野郎じゃないか。

俺は手を握り返しながら尋ねる。

「あんたは？」

男は「名乗ってなかったね。悪かった」と言って自己紹介をする。

「私はランゼ、Sランク冒険者だ」

「知ってると思うが晴人だ。よろしく」

そう言って手を離すと、戦っていた兵士から叫び声が上がる。

「お、おい！　早く戻ってきてくれ‼」

「なんかピンチっぽいぞ？」

俺がジト目を向けると、三人は焦ったように駆け出す。

「「行ってくる‼」」

「ああ、ってか服を着ろよ！」

俺はそこでようやくツッコミを入れた。なんで上半身裸なんだよ、自然すぎてツッコミが遅れたわ……

俺も武器を手に取り、魔物の群れに切り込んでいったのだが、数分後……

「ちょっ、兄貴ヘルプヘルプッ！　助けてください兄貴！　早く！　何も着てないから当たると洒落（しゃれ）にならねーんだよ！」

「お、俺も助けてくれ！　いや、助けてください！」

「あ、やばい！　私も頼む！　お願いします！」

前線から少し突出した場所で魔物に囲まれながら戦うダイン、ノーバン、ランゼがピンチになっていた。

あいつら、俺が来るまでめっちゃ活躍してたんじゃないの？　なんであんなことになってんだ？

そう思っていると、周りにいた冒険者と兵士が馬鹿を見るような目でダインたち三人を見ていた。

「ダインとノーバンのやつ、脱（ぬ）ぎ始めたランゼと張り合うから……」

「いやまぁ、ここまで相当奮闘したから疲れてるんだろうけどさ……」

「てかそもそもなんでランゼは脱ぎ始めたんだ？」

「いつもの病気だろ」

そんな会話も聞こえてくる。何やってんだアイツら……

まあ、めんどくさいからサクッと片付けるか。

「お前ら、動くなよ？」

俺はそう言って、三人の周りに空間断絶結界（イージス）を張りつつ、魔物に向かって威圧を放って動きを止める。そして手に魔力を集め、火の玉を生み出した。

流石はSランク冒険者というべきか、三人は俺の手元を見て焦り始める。もっとも、焦りすぎて結界を張ったことには気付いていないようだが。

「あ、兄貴!?　それは何だ？」

「大丈夫だ。ただの大爆発（エクスプロージョン）だ」

焦るダインに事も無げに答えると、ノーバンとランゼが悲痛（ひつう）な表情を浮かべる。

「兄貴、それは洒落（しゃれ）にならないから！」

「勘弁（かんべん）してくれ！」

「ほれ、大爆発（エクスプロージョン）」

俺が放り投げた火の玉は三人の中間地点に着弾し、大爆発を起こす。さっきよりも威力（いりょく）は弱めだ。

少しして砂煙が晴れると、魔物はすっかりいなくなり、三人が白目を剥いて気絶（きぜつ）していた。

結界は壊れてないから、音にやられたんだろうな。

三人に近付いて、気付け代わりに雷属性魔法を使って軽く電気を流すと、三人仲良く「アババババババッ」という声を上げて目を覚ました。

「兄貴、魔物は――」

言いかけたダインも、起き上がったノーバンもランゼも、周りを見て固まっていた。

それもそうだ、周囲五十メトルくらいの範囲に、魔物が一切いないのだから。

まだ残っている魔物は、こちらを遠巻きに見て近付く気配がない。

「三人とも動けるか？　今から暴れるから、防衛線まで戻ってくれ」

俺の言葉に頷く三人を視界に入れながら、俺は残りの魔物を見回す。

災害級が何十体もいるって言ってたけど、確かにそれらしきやつがいるな……

使えそうなスキルも持ってるっぽいし、効果の確認は後でするとして、とりあえず複製（コピー）しまくるか。

それにこれだけ魔物がいれば、黒刀もコートも進化するかもしれないな。

よっしゃ、そうと決まればさっさと狩るか！

……と言いたいところだけど、あの飛んでるやつが厄介（やっかい）なんだよな。

結界をうまく使えば空中を移動することはできるけど、機動力じゃ勝てないしなぁ。

こう、押し潰（つぶ）すように落とせればなぁ……

《スキル〈重力魔法〉を獲得しました。スキルレベルが10となり〈魔法統合〉へと統合されます》

お、久々に聞いたな、この無機質な声。

相変（あいか）わらずスキル習得がイージーモードだ。

俺はざっと魔物を見渡して手をかざすと、重力魔法を発動する。

「――重圧（プレッシャー）」

魔法が発動するや否や、飛行していた魔物たちが地面に叩きつけられる。

加えて、地上にいた魔物たちも地面の染みへと変わる。

しかし今ので倒せたのはせいぜい五百体程度、殲滅には程遠い。

俺が次に放ったのは氷属性の古代級魔法。

「――ニブルヘイム！」

その詠唱と共に、魔物たちの足元に、巨大で複雑な魔法陣が展開する。

そして冷気が魔法陣から漏れ出した次の瞬間、魔物の群れは動きを止めた。

――いや、俺の魔法によって、一瞬にして凍結したのだ。

戦場に一瞬の静寂が訪れ、後ろの方にいるダインの声が俺の耳に届く。

「あ、あれは古代級の氷属性魔法――ニブルヘイムだ。普通は複数人の魔力を集めてようやく発動できるはずだが、兄貴は単独で行使可能なのか……？」

その言葉に周囲の兵士や冒険者たちはどよめくが、それも怒り狂った魔物たちの声でかき消される。

「ちっ、まだまだいるな。それなら……」

俺は舌打ちをして、更なる魔法を発動する。

今回発動する魔法は、複数の属性魔法と魔力操作を駆使して作ったオリジナルのものだ。

まずは重力魔法と火魔法、闇魔法の複合魔法だな。

「――八岐大蛇！」

俺がそう唱えると、背後に黒い炎が吹き上がり、渦巻きながら形を変えていく。

そうして現れたのは、体長十メトルを優に超える、日本神話に登場する怪物の名前通りに八つの頭を持つ、黒炎の龍の姿だった。

「焼き払え」

俺の言葉に従って、八岐大蛇は八つの口を開け、黒い炎のブレスを広範囲にわたって吐き出す。

八岐大蛇の黒炎を喰らった魔物は、一瞬にして灰燼となって風で飛ばされていった。

今ので千体以上は倒せたと思うが、それでも残りの魔物は大体六千体。

八岐大蛇で殺すには骨が折れそうだ。

そう判断した俺は八岐大蛇を消し、次の魔法を発動した。

次は雷魔法と重力魔法の複合魔法。

「――雷神の鉄槌！」

その言葉と共に、上空を覆う雲からゴロゴロと雷の音が響き始める。

俺が手を振り下ろした次の瞬間、轟音と共に雷の柱が魔物たちに降り注いだ。

雷が収まった頃には、バラバラになった魔物の死体のパーツが転がっていて、魔物の数は四千程度まで減っていた。

まだまだ数は多いが、ある程度は黒刀で倒して経験値を吸収させてやらないとな。

俺は黒刀を抜き、魔物の群れに突っ込んでいった。

剣を振るい、魔法を放ち、戦場を蹂躙する。

スキルを複製したり、黒刀に吸収したり、素材を異空間収納に収納したりして、大体千体くらいを狩ったところで、俺は大きく跳躍して防衛線まで下がる。

俺の背後では、兵士や冒険者たちがざわついていた。

「な、なんなんだよ……」

「俺たちが苦戦していた魔物がゴミのようだぞ」

「他のSランク冒険者よりも圧倒的じゃねーか……」

そんな声が聞こえる中、一際はしゃいでいるSランク冒険者が三人。

「「「兄貴マジパネェっす!!」」」

……なんでランゼまで兄貴呼びになってんだよ。

俺はため息をつくが、頭を切り替えてポツリと呟く。

「さて、そろそろ幕引きとするか……こいつに耐えられるかな?」

そして右手の人差し指を、上空に向ける。

俺の指の先に何があるのか雲の隙間から見えたのだろう、ノーバンは焦った声を上げた。

「お、おい、お前ら！　空を見てみろ！」

「……なんだありゃ？」

「嘘（うそ）だろ……」

ダインとランゼが、信じられないとでも言いたげに呟く。

俺はその声を背後に聞きながら、ニヤリと笑った。

俺が発動したのは、ついさっき習得した魔法系スキル『メテオインパクト』。

文字通り、はるか上空にある隕石（いんせき）を、任意で落とすことができるスキルだ。

とはいえ無差別に落とすことしかできないので、重力魔法で軌道（きどう）をコントロールする必要がある。

宇宙空間から地上を目指して進む隕石は、風を切る轟音と共に、上空を覆っていた雲を突き抜けた。

雲は円形に吹き飛ばされ、千切（ちぎ）れていく。

「こいつで全部吹き飛ばしてやるよ――メテオインパクト！」

俺がそう言い切った直後、隕石は地表に到達する。

同時に俺は魔物たちを囲うように、円柱形の空間断絶結界（イージス）を展開し――

次の瞬間、すさまじい音と共に地面が揺れた。

衝撃波や風、岩塊（がんかい）の破片（はへん）などは空間断絶結界（イージス）によって遮られたが、音と震動は容赦（ようしゃ）なく襲い掛かってきた。

一方の空間断絶結界（イージス）内は、爆風と衝撃が吹き荒れる。

魔物たちが熱風に焼かれ、あるいは岩の破片に吹き飛ばされ、見る見るうちに数を減らしていく。しかしそれも、蔓延（まんえん）する砂塵と煙で見えなくなった。

ある程度の衝撃を逃がすために空間断絶結界（イージス）は円柱形に展開したのだが、その上空には、巨大なキノコ雲が出来上がっていた。

しばらくして轟音と震動が収まったところで、空間断絶結界（イージス）を解除し、風魔法で砂塵と煙を吹き飛ばす。

そこに残っていたのは、ぽっかりと地面に空（あ）いたクレーターと、ところどころに転がる岩のみ。三千近くいた魔物は、影も形もなくなっていた。

「ハ、ハハッ……もしかして、やりすぎた？」

それを見た俺の脳内に、フィーネやディランさんに正座で叱（しか）られ続ける未来予想図が浮かび、背中に冷や汗が流れるのだった。

第5話　四天王

これ絶対怒られるよな……どんな言い訳したら許してもらえるかな……

なんてことを考えていたその時、俺はふと、かすかな視線を感じた。

これは……遠くて分かりづらいが、敵意か？

身体強化をした目で辺りを見渡すも、魔物は全滅してるし、最前線で戦っていたダインたちは固まってるし、こいつらではないだろう。

マップで確認してみるが、近くにそれらしき反応はない。

それならばと、マップの範囲を広げていくと……いた。

魔物たちが向かってきた正面ではなく、右側……王都の北東側にある、小高い丘の上にいるようだ。直線距離で一・五キロメトルくらいか？

うーん、転移は一度行ったことのある場所じゃないと行けないし、今も監視されてる感じはあるから使わない方がいいよな。

そこで俺は、風魔法を使って再び砂煙を上げ、監視者の視界から消える。

すかさずステルスと気配遮断、そして身体強化を発動、砂煙が晴れる前に、監視者目がけて全力で走り出した。

身体強化した足での全力ダッシュ、そこに加速のスキルを連続で発動すれば、一・五キロメトル程度ならば一分もかからない。

俺は監視者の男を確認すると、こっそりと後ろに回り込み、様子を見ることにした。

と、まずは神眼で鑑定だな。

名前　：ギール
レベル：137
年齢　：189
種族　：魔族
ユニークスキル：魅了（みりょう）操作
スキル：闇魔法Lv7　火魔法Lv6　風魔法Lv6　魔物調教（テイム）Lv8　剣術Lv6　威圧Lv5
身体強化Lv6　詠唱短縮（たんしゅく）Lv6
称号　：四天王　調教師

四天王？　魔族ってことは魔王軍の四天王なんだろうか？

それに魅了操作と魔物調教（テイム）ってスキルは初めて見たな、確認してみるか。


〈魅了操作〉

自身よりレベルが低い者を強化した状態で操（あやつ）ることができる。数に制限はない。

なお、相手のレベルが自分より低い場合でも、精神耐性スキルを持っている場合は操れない。

〈魔物調教(テイム)〉

条件を満たすことで、レベルにかかわらず魔物を操ることができる。

操った魔物は、スキルレベルに応じて強化できる。

操れる魔物の数はスキルのレベルで変動する。


なるほどな、この二つのスキルであの大量の魔物を操っていたのか。

コイツ自身のレベルも相当高いし、あれだけいた災害級は、魅了操作と魔物調教(テイム)で魔物を強化して作ったのかな。もしかすると、今まで出会った強力な魔物も、こいつが原因だったのかも。

そう考察していると、例の無機質な声が頭に響いた。

《スキル〈魔物調教(テイム)〉を獲得しました。スキルレベルが10となり〈魔法統合〉へと統合されます》

……うん。手に入ったようだ。どこかで使う機会があるといいんだがな。

監視者――ギールの情報を得た俺は、もう少し様子を窺(うかが)うことにした。

当のギールはというと、周りに人がいないのをいいことに、動揺(どうよう)と怒りを露(あら)わにしていた。

「なっ、あの男、どこに消えた!? クソ、あいつさえいなければ俺の計画は上手(うま)くいっていたのに、台無しにしやがって……あんな化け物がいるだなんて、俺は聞いてないぞ！　とにかく計画が失敗した以上、早く撤収しなければ――」

俺はそこで言葉を遮って声をかけ、姿を現した。

「おいおい、化け物とは心外だな」

「ッ⁉　貴様は先ほどの！」

ギールは振り向き、そこに俺の姿があることに驚き一瞬で距離を取る。

「――ダークフレイム！」

「いきなり攻撃かよ……」

ギールが放った黒炎が、俺の全身を一瞬で包んだ。

しかしダークフレイムって、闇属性と火属性の複合魔法だよな。

俺以外に複合魔法を使ってるやつって見たことないから、伊達に四天王じゃないってことか……まあ、コートの魔法耐性とそもそもの耐性のおかげでちょっと熱いくらいしか感じないけど。

俺が特に黒炎を振り払う動きをしなかったためか、ギールは調子に乗って笑みを浮かべる。

「フハハハッ！　人間ごとき矮小な存在が、この私の炎を受けては無事ではいられ――」

「よっ、と」

俺は風魔法を発動し、まとわりつく炎を吹き飛ばす。

「なにッ!?　なぜ効かない!?」

「火力が弱いんじゃね？」

「ク、クソがぁぁぁあッ！」

ギールは激高し、腰の剣を抜こうとして、動きが止まる。

剣を抜く前に、俺が土魔法を発動して首から下を土で覆って動けなくしたのだ。

「くっ、それなら！」

ギールはこちらを睨み、一瞬だけ文字通りに目を光らせる。

「ふはは、これで貴様も私の配下だ！　まずはこの拘束を解け！」

は？　何言ってんだコイツ？

「なんでそんなことしないといけないんだ？」

「なっ、私の魅了操作が効かないだと!?　そんな馬鹿な！」

俺の問いかけに、ギールは動揺する。

なるほど、さっきの光は魅了操作のためのものだったのか。

「それなら俺には効かないぞ。精神耐性も持ってるし、そもそも多分お前よりレベル高いから」

レベルの方は、さっき大量に魔物を倒してる時にずっと無機質な声がレベルアップを告げてきてたからな。正確にどれだけ上がったかは分からないから後で確認しないと。

レベルのことがあるから、精神耐性は正直必要なかったかもしれないが……まあいいか。

それよりも、俺が持ってる耐性って精神耐性だけだから、毒とか麻痺とかは怖いんだよな。

《スキル〈状態異常無効〉を獲得しました。〈魔法統合〉へと統合されます。スキル〈精神耐性〉が消滅しました》

……流石、万能創造。相変わらず何も言わなくても勝手にスキルを作ってくれるぜ。

呆れ半分、賞賛半分にそんなことを思っていると、ギールがこちらを睨みつけてくる。

「俺よりレベルが高い……？　そんなわけがないだろ！」

どうやら信じてもらえないようなので、俺は威圧を発動する。

「うっ、この威圧感は……そ、そんな⁉　この私より……いや、魔王様より強い、だと？　……まさか、貴様は勇者か⁉」

おいおい、その勘違いは嬉しくなさすぎるだろ。

俺はギールの言葉を否定する。

「違う、俺は勇者なんかじゃない」

「嘘を言うな！　勇者じゃないというなら、何者だというのだ！」

「ただの冒険者だよ」

「それほどの力を持ちながら『ただの冒険者』だと……そんなわけがあるか！」

「いや、嘘はついていないんだが……」

「クソッ、クソッ！　ふざけやがって、こんな拘束……‼」

ギールは力任せに拘束を解こうとするが、俺の魔力が練りこまれた土はびくともしない。

とりあえず、これでいろいろと話を聞けるな。

「さて……さっき言ってた計画ってのは何だ？」

「ふん、答えるわけがないだろうが！　早くこの拘束を解け！」

「解くわけないだろうが。それじゃあ別の質問だ。西の山にドラゴンワイバーンがいたんだが、何か知っているか？　魔族が何かやったのか？」

俺がそう聞くと、ギールは嬉しそうにニヤリとする。

「ドラゴンワイバーン？　ああ、アレか。ククク、アレには貴様でも勝てなかっただろう……なにせこの私でも支配しきれなかったのだからな」

ギールは勘違いしたまま、嬉しそうに言った。

この感じだと、あれは別に魔族の手先ってわけではなくて、ただタイミングが重(かさ)なっただけか。

「ん？　俺でも勝てなかったって……こいつのことか？」

俺はそう言って、ワイバーン変異種の頭を異空間収納から出す。

それを見て、ギールは面白いくらいに取り乱した。

「ありえん！　ありえんありえんありえん！　魔王軍四天王である私でも支配できない相手だぞ！」

「おいおい、現実を見ろよ……とにかく、これでお前が俺に敵わないことは分かっただろ？」

俺がそう言うと、ギールはゴクリと唾を呑む。

「さあ、計画ってのは何なんだ？」

「……あの魔物の大軍をもって、貴様ら人間の三大国の一つ、ペルディス王国王都を襲撃、壊滅させる計画だ。そしてその戦力で、人間共を蹂躙するはずだったのだ……！　クソッ、貴様さえいなければ、あの王都は壊滅したというのに……‼」

諦めたように、しかし悔しそうにギールは計画を話す。

「へえ、それは魔王の命令か？」

「いや、魔王様は関係ない。全て私の独断だ」

「なるほどな……さて、聞くことは聞いたしそろそろ終いにするか」

俺がそう言って手をかざすと、ギールは焦りを感じたのか、命乞いを始めた。

「お、おい！　貴様は知らんかもしれんが、この私は魔王軍四天王の一人だ！　その私を殺すのか？　私が死ねば魔王様がお怒りになって貴様を殺しに来るぞ！　それでもいいのか!?」

「来るなら相手をするまでだ。じゃあな」

俺はそう言って、光属性の上級魔法、浄化を発動した。

その瞬間、光に包まれたギールが苦しみの声を上げる。

「うっぐぁぁぁぁぁあッ！　この四天王たる私が――」

そして最後まで言い切ることもできず、光の粒子となってギールは消滅した。

「さて、魔物の大量発生の理由も分かったし、報告に戻るか……ん？」

転移でダインたちの所へ戻ろうとすると、脳内にレベルアップを告げる声が響いた。

そっか、ギールがけっこう高レベルだったから、経験値が入ったのか。

無機質な声はしばらく続き、ようやく止まる。

《――レベルアップしました。新しい称号〈超越者〉を獲得しました》

新しい称号？

気をとられたが、声はまだ続く。

《黒刀がレベル10になり、進化が可能になりました。黒のコートも進化が可能です》

その声と同時に、目の前に進化の可否を尋ねるウィンドウが現れる。

俺はいったん称号のことは置いておいて、黒刀とコートを進化させることにした。

ウィンドウを操作し進化を選択した瞬間、俺が腰に提げていた黒刀と、着ていたコートが輝き出す。

何が起こるか分からないので、とりあえず両方を身体から外し、地面に置く。

「なんでこんなに光るんだろうな、派手(はで)すぎないか……？」

俺は誰にともなく呟きながら、進化の行く末を見守る。

そして数分後、ようやく光が収まった。

《進化が完了しました》

相変わらず無機質な声が、進化の完了を告げる。

まずは黒刀から見ていくか。

鞘に納まった状態だと、特に変化は見られないが……

鞘から抜くと、刀身は光すら呑み込みそうな漆黒(しっこく)になっていて、桜色に近い紅色の刃紋(はもん)が入っている。元はただの黒い刀だったが、すいぶんと綺麗(きれい)になったもんだ。

さっそく鑑定する。

名前　：黒刀紅桜(こくとうべにざくら)
レア度：神話級(ゴッズ)
備考　：晴人専用武器。
『絶対切断(ぜったいせつだん)』が使用可能になる。

常時効果として、破壊不可、使用者の武術系スキル発動時の威力四倍化、および身体能力四倍化。

鑑定内容を確認した俺はしばらくの間硬直（こうちょく）し、思わず「ええぇぇぇぇッ!?」という声を上げた。

なにせ、レア度が神話級（ゴッズ）なのだ。神話級（ゴッズ）は記録に残るのみで、現在は存在しないと言われている代物（しろもの）だ。

そんなものを生み出してしまって、驚かないわけがない。

俺は一度深呼吸すると、それ以外の項目をチェックしていく。

『絶対切断』は、魔力を込めて発動することで、どんなものでも切断できるようになる技らしい。

常時効果の破壊不可は文字通り、絶対に壊れることがなくなり、それどころか刃こぼれもしないいんだとか。

武術系スキル発動時の威力四倍化と身体能力四倍化はそのまんまだな。

……やっぱとんでもない性能になったな。

これ、コートの方も見るのがちょっと怖くなってきたぞ。

恐る恐る、コートを鑑定する。こちらも見た目は変わっていないが……

名前　：漆黒のコート
レア度：神話級（ゴッズ）
備考　：晴人専用装備。破壊不可。
**　　　魔力を吸うことで、魔法耐性（極）、物理耐性（極）の効果を常時発動する。**

魔法耐性と物理耐性が三十％軽減の『中』から八十％軽減の『極』へ上がっていた。極が付いたら嬉しいとは思ってたけど、こんなにあっさり付くんだな……

それに黒刀と同じく破壊不可が付いている。

……さて、最後に自分のステータスを確認するか。

さっき新しい称号が手に入ったし、戦闘中もスキル習得しまくり、レベルアップしまくりだったからちょっと怖いんだよな……

そう思いながらステータスを確認した俺は、再び固まってしまった。

名前　：結城晴人
レベル：320
年齢　：17

種族　：人間（異世界人）
ユニークスキル：万能創造　神眼(ゴッドアイ)　スキルMAX成長　取得経験値増大
スキル：武術統合　魔法統合　言語理解　並列思考　思考加速　複製(コピー)　修羅(しゅら)
　限界突破(とっぱ)
称号　：異世界人　ユニークスキルの使い手　武を極(きわ)めし者　魔導を極めし者
　超越者

〈武術統合〉
剣術、槍術(そうじゅつ)、盾術、弓術、斧術、格闘術、縮地、気配察知、威圧、手加減、
夜目(よめ)、咆哮、抜刀術、気配遮断、馬車術、無表情(ポーカーフェイス)、闘気、危機察知、天歩(てんほ)、
豪腕(ごうわん)、豪脚(ごうきゃく)、金剛(こんごう)

〈魔法統合〉
火魔法、水魔法、風魔法、土魔法、雷魔法、氷魔法、光魔法、闇魔法、
回復魔法、時空魔法、無詠唱、身体強化、偽装(ぎそう)、付与魔法(エンチャント)、魔力操作、錬成、
加速、結界魔法、ステルス、魔道技師、反射、重力魔法、自動治癒(じどうちゆ)、
メテオインパクト、魔物調教(テイム)、状態異常無効

えーっと……まさかこんなにレベル上がってるとは思わなかったな。

まずは称号から見ていくか。

さっきアナウンスがあった超越者は、レベルが二百を超えることで獲得するそうだ。

後は新しいスキルか。見覚えがないのは、限界突破、天歩、豪腕、豪脚、金剛、自動治癒か。

まずは限界突破。これは、発動することで身体能力とスキルの威力が五倍になるらしい。

次に天歩。これは空を歩くスキルだな。飛行していた魔物が持っていたんだろうか。

豪腕は腕力強化だ。豪脚は脚力強化。ちなみに元々持っていたスキルの跳躍は、豪脚に統合されたみたいだ。

金剛は硬化の上位で、より硬度が上がるらしい。これも豪脚と同様に、硬化を統合したようだな。

最後に、自動治癒。これは読んで字のごとく、消費した魔力や体力を自動で回復するスキルだ。小さな傷も治癒させるが、欠損などの大きなダメージは回復魔法に頼る必要がある。

しかし改めて見てみると、我ながら異常なスキル数だな……

レベルも三百超えって、流石に人間をやめてるんじゃないかと自分で心配になる。

と、そこで俺は我に返った。

「やべ、進化やらステータスやらに気を取られすぎた……早く戻らないと！」

いきなり目の前から俺が消えて、ダインたちは不審に思っているはずだ。

俺は新たに獲得した天歩と豪脚、身体強化と加速を使用して、ダインたちの所へ急ぐのだった。

第6話　二つ名

「あ、兄貴！　どこに行ってたんだ⁉」

「ちょっとな。それよりお前ら、もう敵はどこにもいないぞ。周囲を確認してきたから、確実だ」

防衛線まで戻った俺は、駆け寄ってきたダインに答える。本当は気配察知で確認しただけだけど、敵がいないのは本当だからいいよな？

「俺たちの、人間の勝利だ‼」

ダインたちSランク冒険者をはじめ、俺が来るまで戦っていた兵士や冒険者たちは、俺の宣言に歓喜の声を上げた。

「一応警戒のため、一定数の兵を残しますが、我々は撤退します！　第二、第三の防衛線と、王都の本部にも伝令を出しておきます！」

兵士たちの指揮官はそう言って、さっそく伝令を飛ばそうとする。

「助かる。じゃあ俺は王都に戻ってゴーガンに報告してくるから、あとはよろしくな」

「はい！　本当にありがとうございました！」

指揮官は深く頭を下げると、足早に駆けていった。

それから俺は、まだ残って警戒に当たるというダインたちに別れを告げて、王都への道を歩いた。

既に敵全滅の知らせは届いているようで、第二防衛線では多くの人に頭を下げられ、お礼を言われた。

そして第三防衛線でフィーネと合流したのだが……

「フィーネ、なんでそんな顔をしてるんだ？」

王都に戻る道中、フィーネは呆れたような何とも言えない表情をしていた。

「いえ、あの光景を見せられて驚きを通り越して呆れているだけです」

フィーネが言っている『あの光景』って、どれのことだろうな。ニブルヘイムか八岐大蛇（ヤマタノオロチ）か、雷神の鉄槌（トールハンマー）かあるいはメテオインパクトか、そのクレーターのことか。もしかすると全部かもしれない。

「ハルトさん、何か言いたいことは？」

「しょ、正直やりすぎたと思ってる。が、反省はしていない！」

「してください！」

「は、はい……」

あまりの剣幕に、思わず謝ってしまった。

「で、でもほら、全員助かったんだし……？」

「そういう問題じゃありません！　はぁ……もういいです。早く戻りましょう」

「……はい」

俺はしょんぼりと項垂れて、王都への道をトボトボと歩く。

そして王都に辿り着くと、ゴーガンが北門の前で、腕を組み仁王立ちで待ち構えていた。

満面の笑みを浮かべているが、どう見ても張り付けられた笑顔にしか見えない。

「よくやってくれた、ハルト。お前の戦いはここからでも見えていたぞ？　ずいぶんと派手に暴れたじゃねーか。特に最後のやつ、アレはなんだ？」

なんだろう、笑顔なのに迫力がすごいな。

とりあえず今日は逃げた方がよさそうだ。

「えっと……今日は疲れてるから明日でいいか？」

実際に、ワイバーン変異種の討伐やら魔物殲滅やらギールのことやら、精神的に疲れてるんだよな。

「明日ってお前な……はぁ、ほんとは魔物撃退の立役者であるお前には色々聞かなきゃならんのだがな……」

「何があったかはダインとか前線の兵士に聞いてくれ、それでまだ聞きたいことがあったら、明日言ってくれよ」

「……分かったよ。まあ、記録用の魔道具もあるからな。といっても話を聞くに越したことはないいんだ。他に伝えたいこともあるし、明日はなるべく早い時間にギルドまで来てくれ。ああ、用があるのはハルトだから、フィーネは無理に来なくていいからな」

諦めたようにそう言うゴーガンに手を振って、俺とフィーネは新月亭に戻ったのだった。


翌朝、俺は一人でギルドに赴いていた。

ゴーガンの言っていた通り、フィーネは留守番だ。

ギルドに到着すると、すぐにギルドマスター室に通され、ゴーガンと向かい合って座らされた。

そして昨日以上の笑顔で尋ねられる。

「……さて、ハルト。昨日はご苦労だった。昨日のうちに、第一防衛線の冒険者や、軍の記録を確認したよ。それで改めて聞くが……昨日の最後のアレは何だ？」

「アレはメテオインパクトってスキルだよ。意外と魔力消費は少ないから連発できるぞ」

俺がそう言うと、ゴーガンは顔を真っ赤にして怒鳴った。

「『連発できるぞ』だぁ？　なんだあのバカげた威力は！　何やら結界らしきもののおかげで周囲に被害が出ていないようだが、あのクレーターはお前も確認したよな？」

「ちょっとやりすぎた……か？」

「ちょっと、だと？」

分かったから睨まないでほしい。

「ちょっとじゃない……かも？」

「『かも？』じゃないだろ！　どうせあの結界もお前が張ったんだろうが、もしあれがなかったらどうなっていたか、自分のスキルなら分かるだろう？」

そう言われて、俺はメテオインパクトの威力をイメージする。

「もっとデカいクレーターができて、周囲五キロメトルは更地、それより離れた王都も爆風で大きな被害？」

正確にシミュレーションしてそう言うと、ゴーガンはさっき以上の大声を上げた。

「馬鹿もぉぉぉぉんッ！　そんなスキルを軽々しく使うな‼」

その怒声に俺は反射的に耳を塞ぎ大声で言い返す。

「うっさい！　頭に響くわ！　だいたい結界張ってたんだからいいだろうが！」

「そういう問題じゃない！」

ゴーガンはそう怒鳴ると、荒く息をつく。

「ハァ……それで、終わった直後にどこに行ってたんだ？　ダインたちの話じゃ、しばらく消えて周辺を見回ってたって話だが……実際はどうなんだ？」

「ああ、そのことなんだが――」

俺はそう前置きして、魔王軍四天王のギールと対峙したこと、奴が今回の魔物の大量発生の黒幕だと自ら明かしたことを話した。

「ま、待て。今、ギールと言ったか？　敵がそう名乗ったのか？」

んー。別に名乗ってないし、鑑定で確認しただけなんだけど、間違ってないから頷いちゃっていいよな。

「ああ。知ってるのか？」

「魔王軍四天王の名前くらい、流石に知っている。『魅惑のギール』と呼ばれていて、魔物を操ることで有名だが……まさか奴が動いていたとはな。魔王軍も本格的に動き始めたということか」

ゴーガンはそう言って渋い顔をする。

「まあ安心しろよ、倒しといたから」

「そうか、それならいいんだが――は？　なんて？」

「だから倒したんだって」

俺の言葉に、ゴーガンは目を真ん丸にして驚く。

「そんな簡単に言いやがって。だいたいそういう重要なことは昨日のうちに言っておけ！」

「倒したんだからいいじゃん」

「またお前は……はぁ、もういい。それで、倒した証拠はあるのか？」

俺の言葉にキレかけたゴーガンだったが、諦めたように首を横に振って話を進める。

「ない。だが光魔法の浄化で消滅させたから確実に死んだと思うぞ」

「……そうか。お前が言うならそうなんだろうな……まったく、お前のせいで陛下に報告せにゃならんことがどんどん増えていくな」

「そうか、がんばれ」

俺の言葉に、ゴーガンは「お前が言うな」とでも言いたげに、ものすごく嫌そうな顔をした。

「……それで、今日呼んだのは、昨日の件の確認以外にもう一つ理由がある。お前のランク昇格の件について話すことがあってな」

「ん？　ワイバーン変異種なら昨日首を見せただろ？」

検分とかあるのかもしれないが、あれで試験自体は終わりなんじゃないのか？

「ああ。お前の言う通り、Sランクへの試験自体は達成している」

「ならSランクになれるんだろ？　何かあるのか？」

「まあ聞け。お前は昨日、災害級を何十体も含む、一万近い魔物を一人で殲滅した——そうだな？」

それが何の関係があるんだ？　と思いつつも俺は頷く。

「つまりお前がいなければ、三大国であるペルディス王国の王都は陥落し、四天王ギールの手に落ちていた、ということだ」

「そうか？　前線に出ている兵を見たが、けっこう練度は高かったし、Ｓランク冒険者だって三人もいたんだ。俺がいなくても案外何とかなったんじゃないのか？」

そう言うと、呆れたようなジト目を向けられた。

「お前は災害級を甘く見すぎだ……あれだけの数を相手にしては、王都の軍と冒険者の総力でも敵わなかっただろう。だからこそお前は今、英雄として名前が広まっているんだ」

「は？　英雄？」

なんだそれ？　初耳だぞ……

「なんだ、知らなかったのか。最終防衛線にいた俺からも魔法は見えていたし、それを操っていたのがお前一人だってことは、最前線にいた連中が広めてたからな」

別に英雄って柄じゃないと思うんだけどな……

そんな内心を見透かすように、ゴーガンは笑う。

「はは、それだけ皆、お前に感謝してるってことだよ」

「そう言われると悪い気はしないが……それがランクとどう関係するんだ？」

俺はなんだか気恥ずかしくて、脱線していた話を元に戻す。

「そうだったな――ハルト、Sランク冒険者が、世界に五人しかいないことは知っているな？」

俺はその言葉に頷く。

「ああ、ダインにノーバン、ランゼと、あと二人だよな。五人中三人がこの国の王都にいるのには驚いたけどな」

「ダインとノーバンはペルディス王国でSランクに任命されたから、そのまま王都を拠点にしてるんだ。ランゼは別の国でSランクになったんだが、気に入ったのかよくこの王都に来ている。いつもいるってわけじゃないがな」

「ん？　この国で任命？」

冒険者ランクってギルドが決めるんじゃないのか？

「ああ。実はSランク昇格の際は、ギルドの推薦に基づいて、各国の王が協議の上、その者が滞在する国の王が任命を行う。以前昇格試験の話をした時に『客観的かつ対外的な評価と実績が必要』と言ったが、これは各国の王が協議する時の判断材料にするためだな。Sランクほどの実力者となると、国家運営に関わる話も出てくるから、各国の王の承認が必要なんだ」

「そ、そんな話聞いてねぇよ……」

「なんだ？　王家が絡むと問題があるのか？」

「……いや、いいけど」

　俺を追い出したグリセント王国の連中に名前がバレる可能性があるけど……あいつらは俺が死んだと思ってるはずだし……大丈夫だよな？

　ま、もしバレて暗殺されそうになっても、今の俺なら切り抜けられるだろうし気にしなくてもいいか。

「とにかく、これから各国の王が話し合いを行う。まあ昇格は確実だから、今日昇格が決まって、準備をして……昇格式は三日後くらいには行われるだろうな」

　ゴーガンの言葉に、俺は頷いた。

「ああ、それと、これはわざわざ伝えるまでもないから言ってなかったが、Sランク昇格時には二つ名が貰えるからな」

「はぁ⁉」

　俺はゴーガンの言葉に頬を引き攣らせる。

「ふ、二つ名って、ダインの『雷速の狂剣』とかノーバンの『業火の双腕』とか、そういうのってことか……？」

「ああ。Aランクまではあくまでも勝手に周りがつけたものだが、今回貰えるのはギルドが調査の上で審議し、国が認めた正式な二つ名だ。よかったな」

いや、よくねぇよ⁉

これで変な二つ名でもつけられた挙句、この先どこかでクラスメイトに遭遇でもしたら……

ただ、昨日の殲滅っぷりを題材にした二つ名がつくことは予想に難くないので、絶対痛々しいやつになりそうだよな……

そう思っていると、ゴーガンが指を立てながら口を開く。

「昨日お前が宿に戻った後、諸々の処理に追われながらだったが、皆からいくつか候補が挙がってな。一つ目は……『絶対者』だったな」

「うぐっ……」

俺は精神的ダメージを受けてうめき声を上げる。

なんだ『絶対者』って、中二病すぎるだろ。

「二つ目が『殲滅者』」

「ふぐっ……」

さらに追い打ち。

確かに殲滅してたけどさ……

「あともう一つ、最有力候補があるんだが――」

と、ゴーガンが言いかけたところでギルドマスター室の扉がノックされ、女性職員がお茶のおかわりを持って入室してきた。

「『魔王』、ですね」

「そうそう、『魔王』。ハルトにぴったりだよな！」

「ぐはぁッ！」

俺はとどめを刺された。

中二病が名乗りがちなやつ、というかこの世界には本物の魔王がいるのに、俺の二つ名につけちゃっていいのか？　俺、討伐されない？

俺は深呼吸をして落ち着き、口を開く。

「……一つ一つ理由を聞いても？」

「もちろんです！」

答えたのは職員さんだった。

ものすごくいい笑顔だ。

「まずは『絶対者』、これは重力魔法で魔物を地に伏せ、その後も圧倒的な魔法を使う様が絶対的だったことから候補に上がりました！　そして『殲滅者』ですが、こちらは文字通り、魔物を軽快に殲滅していたことから上がった候補ですね」

職員さんは興奮した様子で続ける。

「最後に『魔王』ですね！　これはハルトさんの出で立ちや振る舞いもそうですが、魔物に『道を開けろ』と命令し力ずくで排除した様子、そしてあらゆる魔法を使っていたことから候補に上がったみたいです！　複数の属性魔法に、見たこともないような高火力で派手な攻撃！　まさに魔法の王の名にふさわしいという声が多かったんです！」

テンションが上がりきった職員さんは、ずいっと顔を近付けてくる。

「分かった分かった、近い近い！」

「はうっ、す、すみません！」

俺の言葉に冷静になったのか、パッと離れて顔を真っ赤にして頭を下げる職員さん。

俺はため息をつきながら、じろりとゴーガンを睨む。

「頼むからまともな二つ名にしてくれよ……？」

「いやぁ、俺はどれもいいと思うぞ？」

「マジでやめろよ!?」

俺は全力で抗議したのだが、軽くあしらわれ、「詳細が決まったらまた連絡するから」と、ギルドマスター室を追い出されたのだった。

フィーネにも昇格の話をしないとと思いながらギルドの一階へ下りようとすると、階段の下にSランクの三人が待ち受けていた。

「お前等！　我らが英雄である兄貴の登場だ！」

「兄貴に道を開けろ！」

「早く開けろ！　兄貴、おはようございます！」

「「「おはようございます！」」」

ダイン、ノーバン、ランゼが叫ぶと、一階にいた冒険者たちも声を揃えて挨拶をしてくる。

そして俺は、全方向から二つ名候補を投げかけられながら、逃げるようにしてギルドから出ていくのだった。

第7話　フィーネの特訓

新月亭に戻った俺は食堂で、ゴーガンと話したことをフィーネに説明していた。

「とうとうSランクですか、凄いですね！　……私ももっと強くならないとですね」

「それなら、明々後日(しあさって)の昇格式まで時間があるから、その間に特訓でもするか？」

せっかく本人がやる気を出してるんだし、こういうのは早い方がいいもんな。

「いいんですか？」

「もちろん。ちょっと準備があるから、一緒に部屋に来てくれるか？」

フィーネは頷いて、部屋に戻る俺についてくる。

「準備って何をするんですか？」

俺の部屋で腰を落ち着けたところで、フィーネがそう尋ねてきた。

「フィーネの武器を作ろうと思ってるんだ。今使ってるのは片手剣だよな？」

「はい。基本は氷魔法ベースですけど……」

フィーネはそう言いながら、剣を差し出す。

刃渡りは七十センチ、柄は長めの三十センチで、非力なフィーネが両手で力を込められるようになっている。

サイズ感的には俺の黒刀とそう変わらんな。

「よし、これなら武器を刀にしても、そこまで長さに違和感はないだろうな……フィーネ、新しい武器は刀にしようと思う」

「かたな、ですか？」

「ああ、俺が使っているのと同じ武器だな。フィーネがこれまで使っていた剣と違って、反りがある片刃になっていて、軽くなるはずだ。あと、切れ味も格段によくなると思う」

俺の言葉に、フィーネは目を輝かせる。

「ほんとですか！　それはすごく楽しみです！」

「ああ。それじゃあちょっと部屋で待っててくれないか？　完成したら呼ぶから」

フィーネが頷いて部屋から出ていくのを見届けた俺は、さっそく制作に取りかかる。

異空間収納から鉱石と、氷魔法を持っていた魔物の素材を取り出す。

まずはこの二つを錬成して、氷属性の魔力を秘めた鉱石を生み出す。

後は黒刀やコートを作った時と同様に、魔力を注ぎ、加速した異空間収納の中で魔力をなじませ、取り出して魔力を注ぎ……と繰り返していく。

そうして出来上がったのは、青と白が混じりあった、美しい鉱石だった。

名前　：白群結晶(びゃくぐんけっしょう)
レア度：伝説級(レジェンド)
備考　：氷属性の魔力を豊富に含んだ、白と青で彩(いろど)られた鉱石。

よし、これで十分だろう。

俺は頷くと、錬成を発動して魔力が可視化された真紅の雷を迸らせながら、鉱石を刀と鞘の形に変えていく。

そうして完成した刀は、刃渡り七十センチ弱の美しいものだった。

刀身は青白く輝き、持ち手は純白(じゅんぱく)。鍔(つば)のデザインは雪の結晶をイメージした。鞘も白を基調(きちょう)に、流れるような水色の模様(もよう)が入っている。

刃渡りは俺の黒刀より短いが、柄を少し長めにしてある。

期待以上にいいものができたな。

さて、性能は……

名前　：幻刀水月
レア度：幻想級
備考　：晴人によってフィーネのために作られた武器。
氷属性攻撃が可能となる。
常時効果として、破壊不可、氷属性魔法強化、身体能力二倍化。

レア度にはもう今さら驚かないが、氷属性攻撃ってのは気になるな。

どうやら魔力を込めることで、氷魔法を発動しなくても刀身に氷魔法の効果を与えられるみたいだ。冷気をまとったり、斬撃を飛ばしたり……使い手の熟練度次第でできることが変わるらしい。

破壊不可が付いているので、切れ味の心配もないだろう。

俺は適当な布で完成した刀を包みテーブルの上に置いてから、フィーネを呼びに行く。

「フィーネ、お待たせ。完成したよ」

「えっ、もうできたんですか？　まだ三十分くらいですよ⁉」

「なんでそんなに驚いてるんだ？　コートを作るのも見てただろ？　むしろあの時より時間かかってるじゃないか」

「いや、そうなんですけど……そもそもアレが早すぎたというか……いえ、もういいです」

　フィーネは諦めたようにため息をついた。

「そうそう、気にするな……さ、俺の部屋に来てくれ」

　俺はフィーネを部屋に招き入れ、布に包んだ刀を渡す。

「確認してくれ」

「は、はい」

　フィーネは恐る恐る布をめくり、そして固まった。

「綺麗……」

　そうポツリとそう零し、刀に見惚れるフィーネ。

「その刀の名前は幻刀水月だ」

「素敵な名前ですね」

「そうだな……フィーネは鑑定スキルは使えるんだったっけ？　ぜひ確認してみてくれ」

　俺の言葉にフィーネは頷き、「鑑定」と呟く。

そしてそのまま、狼狽した様子で言葉を続けた。

「な、なんでレア度が幻想級なんですか⁉　能力もとんでもないですし、私には過ぎた名品ですよ！」

「いや、そうなっちゃったんだからしょうがないだろ？　フィーネのために作ったんだから受け取ってくれ」

俺がそう言うと、フィーネは少し顔を赤くして「私のために……」と漏らす。

「ああ、そうだ。それよりも抜いて見てくれ。きっと驚くから」

フィーネは恐る恐る、しかししっかりと柄を握って刀を抜く。

そして刀身を見て、大きく目を見開いた。

「すごい、こんなに美しい武器なんて見たことがありません……」

「ああ、すごく似合ってるよ」

フィーネはますます顔を赤くし、俺をジト目で見てくる。

「そ、そんなこと言って！　少しは自重してください！」

「はいはい」

「はいは一回です！」

頬を膨らませるフィーネはやっぱりかわいかった。

それから早めの昼食をとった俺たちは、王都の南門を出て、森を目指していた。

馬車を使うほどの距離ではないので、マグロは今回はお留守番だ。

「ハルトさん、どこを目指しているんですか？」

「王都南部の森深くがオーガの棲息地になっていて、『オーガの森』って呼ばれてるらしいんだ。そこで一泊しようと思ってな」

「オ、オーガですか……」

オーガとは、二足歩行で体長一・五〜二メトル程の、鬼のような顔をしたB級の魔物だ。ただ、B級の中では最も格が低く、どちらかというとC級に近い。

フィーネが不安そうな顔をするが、そんなに心配しなくていいだろう。

「レベルも上がってるし武器も新調したし、フィーネなら大丈夫だよ」

「だといいんですが……」

「まあ、とりあえず今日はフィーネと俺の刀の性能を試すところから始めるから、そう心配するな」

するとフィーネが、不思議そうに首を傾げる。

「ハルトさんの刀も……ですか？」

「ああ。実は昨日の魔物の殲滅で刀が進化してさ」

「武器が進化⁉　初めて聞きました……」

「実はコートも進化したんだけどな」

なんてことを話しているうちに、俺たちは森に到着した。

そこから少し進み、オーガの棲息地に入る少し手前で、俺たちはテントを張って野営地を作ることにした。亜空間に泊まろうかとも考えたんだが、とあるスキルを鍛えるために、今日は外で野営だ。

念のため結界魔法で野営地を囲って、さっそく探索に出る。

流石『オーガの森』と名付けられるだけあって、気配察知には大量のオーガの反応があった。

警戒しつつ進み、仲間を呼ばせないポイントでオーガに接近する。

「フィーネ、すぐそこにオーガがいる！　やるぞ！」

「え⁉　は、はい！」

少し開けたところにいたそのオーガは、体長二メトル程。

突然現れた俺たちに驚きつつも、すぐに戦闘態勢に入った。

俺はすかさず、オーガとフィーネのステータスを見比べる。

名前　：オーガ
レベル：40

スキル：怪力Lv３　身体強化Lv２

名前　：フィーネ
レベル：33
年齢　：16
種族　：人間
スキル：剣術Lv３　水魔法Lv２　氷魔法Lv３　身体強化Lv２　鑑定
称号　：二属性使い

レベルだけ見れば負けているが、スキルや武器のことを考えればフィーネの方が強いだろう。

俺が目配せすると、フィーネは幻刀水月を抜いて構える。

「いけるか？」

「はい！」

フィーネは力強く頷いて、すかさず駆け出す。

しかしオーガも黙（だま）って接近を許すわけではない。

丸太のように太い腕を、フィーネへと振り下ろした。

フィーネはすかさずその場でストップ、すぐに後ろに下がって攻撃を躱す。

オーガの拳が地面にめり込み、小さなクレーターを作っているのを見て、俺は思わず呟いた。

「おお、あんなに威力があるのか……あれは当たったらタダじゃすまないな」

そう感心しているうちにも、戦いは続いている。

フィーネがオーガの拳が地面に埋まっている隙を狙って、氷魔法を発動したのだ。

「――アイススラッシュッ！」

フィーネのアイススラッシュはオーガの胴体を直撃するが、軽い切り傷を作った程度で砕けてしまう。

相手の防御力はなかなか高そうだ。

フィーネは驚きつつも、身体強化を発動したのだろう、先程よりも素早い動きでオーガに接近する。

そしてそのまま跳躍し、刀を振り下ろしてオーガの左腕を切り落とした。

「やった！　やりました！」

フィーネは相手に大きなダメージを与え、喜んでいる。しかし次の瞬間――

「きゃぁぁあっ！」

オーガが大きく振るった右腕によって吹き飛ばされた。

フィーネはそのまま近くの木へとぶつかり、地面に倒れこむ。

オーガは左腕の付け根を右手で押さえながら、怒りに満ちた表情でフィーネに近付く。

「大丈夫かフィーネ！」

俺が思わず声を上げると、フィーネは刀を支えに立ち上がった。

「だ、だい、じょうぶです！」

そう言ってオーガを睨みつける目は、戦う意思に満ちている。

「……分かった」

戦えないほどのケガをしていたり、心が折れてしまっていたりしたら代わろうと思っていた。

だけどこれなら大丈夫みたいだな。

フィーネは再びオーガに向かっていき、死闘を繰り広げる。

数分後、フィーネはオーガの背後を取って刀を胸に突き刺し、見事勝利した。

倒れたオーガの傍ら（かたわ）に座り込んだフィーネの傷を回復魔法で治（なお）しながら、俺はフィーネに労い（ねぎら）の言葉をかける。

「お疲れ様、フィーネ。どうだった？」

「……左腕を切り落としたことで、完全に油断してしまいました」

「そうだな。だが、その後にダメージを食らっても、冷静に戦えてたじゃないか」

そう言って頭をなでてやると、フィーネは顔を真っ赤にした。

「ただ、せっかくなんだから、刀の能力をもっと使っていいんじゃないか？」

「あ、すっかり忘れてました。オーガと戦うのが初めてだったので、緊張してたみたいです……」

「まあしょうがないか。次に生かせればいいんだし」

と、そこで俺は、気配察知で魔物が近くにいることを知る。

「フィーネ、今魔物の気配が三つ、こちらに向かってきている……ちなみに、気配察知のスキルは覚えておいて損はないから、頑張って覚えてくれよ？」

ちなみに、俺が野営で鍛えてもらおうと思っているスキルとは、この気配察知のことだ。食事や見張りの最中でも、気配を感じ取る訓練はできるからな。

「が、頑張ります……」

ぐっと握りこぶしを作ってやる気を見せるフィーネ。かわいいな。

俺はほっこりしながら、そんなフィーネに向かって言う。

「次は俺がやるよ。こいつの性能も確かめたいしな」

そう言って腰の黒刀紅桜を触る。

ちょうどその時、オーガが三体現れた。

鑑定すると、レベルは三十前半で、スキルもさっきの個体と同じ。

特に苦戦することはないだろうな、なんて思いながら、俺は愛刀を抜き構えた。

しばらく様子見していたオーガたちだったが、まず一体、拳を振りかざして突っ込んでくる。

右方向に軽くステップして躱すと、それを狙っていたのかもう一体が殴りかかってきた。

しかし俺はそれをあっさり躱し、同じくその隙を狙っていた最後の一体の攻撃も避ける。

そしてその最後の一体の背後に回り込み、絶対切断を発動し、袈裟切りに切りかかる。

刀はまるで障害物など無いように進み、オーガを真っ二つにした。

オーガの防御力は結構高いみたいだったから、普通に切ってたら、多少は抵抗感があったんだろうな。

仲間を殺られたことに気付いた二体のオーガは、地面に落ちていた三十センチ位の石を投げつけてくる。

俺は目を瞑って躱しながら、フィーネに語りかけた。

「いいかフィーネ、気配察知があれば、この程度の相手の攻撃は目を閉じていても避けられる。もっと鋭く危険な攻撃をしてくる奴だと無理だがな」

そう言っている間にも、大量の石が飛んでくるが、俺はそれを全て躱す。

投石がやんだところで、俺は目を開いてフィーネを見る。

フィーネは真剣な様子で俺のことを見ている。

「……さて、次に魔法を使った戦闘だ――ロックバレット」

俺は土属性の初級魔法を、オーガに放つ。

オーガはたまらず両腕で頭をガードした。

「相手が複数の場合は、範囲攻撃ができる魔法で混乱させ、その隙に仕留めるのがベストだな」

俺は隙を見逃さず、土属性中級魔法ロックランスを放ってオーガの胸部を貫いた。

残るオーガは一体。

「最後はスキルを使っての戦闘だ……といっても、これは俺が覚えてるスキルでしかないから、フィーネは自分のスキルでどう戦うか考えないとな」

そう言って俺は一度刀を納める。

それが隙だと勘違いしたのか、オーガが勇んで迫ってきたところを――一閃。

俺の加速スキルと抜刀術スキルによって、オーガは細切れにされた。

黒刀紅桜の能力に『武術系スキル発動時の威力四倍化』ってのがあったけど、ここまで威力が上がるんだな……

「……まあこんなもんだ。魔法についても色々と教えるから安心してくれ。そのうちユニークスキルでも獲得できればいいな」

「ユ、ユニークスキルですか……⁉　簡単には取れないと思いますが頑張ります‼」

うんうん、やる気が大事だよな。

「よし、それじゃあ気配察知スキル習得の訓練がてら、周囲の気配に注意しながら進んでいくか」

「はい！」

それから俺たちは、森の更に奥深くへ進む。

するとその途中、フィーネが立ち止まった。

「どうした？」

「あの、向こうに気配が。何か来てる気がします」

そう言ってフィーネが指差した方向には、確かに魔物の反応がある。

「当たってるな。数は分かる？」

フィーネに尋ねると「うーん」と唸（うな）り、しばらく集中した後答える。

「一つ、でしょうか？」

「こっちも正解だな。これだけ分かってくれれば、すぐにスキルは手に入るだろうな」

「ほんとですか⁉　楽しみです！」

「よし、じゃあこの敵はフィーネが倒すか……ってそうだ、渡そうと思ってたものがあるんだ」

俺はそう言って、異空間収納から取り出したものを手渡す。

「何ですかこれ？」

「鑑定してみな」

俺がフィーネに渡したのは『増加のブレスレット』だ。『獲得経験値が一・五倍』という効果を持ち、レベル上げには最適の代物である。ちなみにレア度は伝説級（レジェンド）だ。

「こ、こんなもの貰っちゃっていいんですか⁉　ありがとうございます！」

「ああ、頑張って強くなってくれ」

それがきっかけとなったのか、フィーネは酷（ひど）く張り切って、さっき見つけたオーガだけでなく、その後現れたオーガも全て自力で倒していった。

連戦だったので心配して「援護（えんご）しようか？」と聞いても、「大丈夫です！」と元気な返事をするばかりだった。

そうして六体目を倒した直後、フィーネが突然驚きの声を上げる。

「――え⁉」

「どうした、フィーネ？」

「獲得、しました……」

「え？　気配察知か？」

「いえ、獲得したんです、ユニークスキルを！」

「……えぇぇぇぇぇぇッ！」

俺は思わず大声を上げてしまう。

フィーネを鑑定すると、確かにステータスにユニークスキルの表記があった。

〈鏡花水月〉

一定範囲内に精巧な幻影を生み出すことができる。

集中力が続く間、永続的に発動可能。

「ま、まじか……」

「ま、まさかユニークスキルを獲得するなんて、私自身も信じられないです……」

しかも集中力が続く間、永続的に発動可能って、結構強力じゃないか？　使い方次第で格上の相手を楽に倒せるような……

運用方法を考えていると、少し離れたところにオーガの姿が見えた。じきにこちらに気付くだろう。

「ハルトさん、オーガが……」

「ああ、気付いたか。どうする？」

「私がやります。試してみたいので」

「分かった。危ないと思ったらすぐに言えよ」

「はい、ありがとうございます！」

それからすぐにオーガが現れ、戦闘が始まった。

刀を構えるフィーネに、オーガは右腕を振りかぶって襲いかかる。

フィーネはバックステップで避けるが、その隙を逃さずオーガは左爪を振るい、フィーネを直撃した――と思った瞬間、切り裂かれたフィーネの姿が掻き消え、逆にオーガの左腕が落ちた。

気が付くと、フィーネがオーガの横に立っている。

さっき切り裂かれたのは、鏡花水月によって作られた幻影だったのだ。

「グォォォォォォオッ⁉」

オーガは驚愕と痛みに声を上げつつも、すぐさま右腕を振るった。

しかしフィーネはその一撃を避けると、そのまま煙のように姿を消す。

次に姿を現したのは、困惑しながらきょろきょろと辺りを見回すオーガの背後だった。

「――アイスボール！」

フィーネが氷魔法を発動する声に反応して、オーガはようやく振り向くが、すぐ目の前に三十センチほどの氷塊が迫っていた。

オーガは咄嗟に左腕で頭部を庇うものの、その一瞬でまたしてもフィーネの位置を見失ってしまう。

その隙にフィーネはオーガの背後に回り込み、胸部へ刀を突き刺していた。

オーガが倒れこみ、戦闘が終わったことを確認した俺は、フィーネに声をかける。

「お疲れ様。やっぱり強力なユニークスキルだな」

「はい！　これなら使い方次第でもっと強くなれそうです！」

そう言ってにこりと笑うフィーネに、ドキッとさせられるのだった。


オーガを倒して野営地に戻った俺たちは、夕食をとりながら鏡花水月の運用方法について話し合った。

やはり幻影を生み出しつつ、魔法による遠隔攻撃と刀による近接攻撃をうまく織り交ぜるのがベストだという結論に達する。

その後もフィーネが寝る前に気配察知を覚えたり、野営地を発見したオーガを撃退したりといろいろありつつ、夜が更けていくのだった。

第8話　昇格式までのお祭り騒ぎ

翌朝、俺たちは朝早くから訓練を開始していた。

昇格式は明後日だが、余裕をもって今日中には王都へ戻りたい。

そのためにも、今日のうちにできる限りフィーネを鍛えようと考えたのだ。

とにかく戦闘を繰り返し、刀とユニークスキルに慣れてもらう。余裕が出てきたら、一対多の実戦だ。


というわけで訓練の結果、昼過ぎには一対多の実戦に移っていた。

鏡花水月が強力なお蔭か、あるいはフィーネ自身の努力の賜物か、時々危ないシーンはあるものの、既に一対二をこなせるようになっている。

幻覚を生み出しているとはいえ、魔法を手元で発動したり、刀で敵に傷をつけたりすると居場所が相手にばれてしまう。

最初はその隙を狙われることが多かったが、今ではあらかじめ魔法を放って相手を牽制したり、あるいは別の幻影を複数生み出したりして、上手くあしらえるようになってきた。

フィーネの冒険者ランクはCだが、これならもうBランクに上げても問題ないんじゃないかな。

そんなことを考えながら観戦していると、こちらに近付いてくるオーガの気配があった。

「フィーネ！　もう一体オーガが来ているが気付いてるか？」

「は、はい！　気配察知に反応がありました」

「そうか。助けはいるか？」

俺がそう問うと、フィーネは少し悩んだ後、首を横に振った。

「いえ、大丈夫です、やってみます！」

そう息を切らしながら言うフィーネ。

連戦続きで疲れているようだが、本人が大丈夫だと言うならそれを信じよう。

危なくなったら助ければいいだけだしな。

それからすぐに、気配察知に引っかかっていたオーガが戦場に乱入してきた。

二体まではあしらえていたフィーネだったが、流石に三体を相手にするのは難しいようだ。

敵にダメージを与えつつも、決定的な攻撃はなかなか通らなかった。

そして疲れが出てきたのか、幻影を上手く出せなかったり、姿を隠すことが難しくなってきたりするように見える。

そろそろ限界だろうから援護に入るか——そう思った瞬間、フィーネの雰囲気（ふんいき）が変わった。

さっきまで荒かった呼吸は落ち着き、雰囲気も静かなものになっている。深く集中しているのだろうか。

疑問に思った俺がフィーネのステータスを確認すると、新しいスキルが増えていた。

スキルの名前は明鏡止水（めいきょうしすい）。

使用後に精神的疲労が増大するという反動と引き換えに、一定時間、心を無にして高い集中を引き出す能力だ。

フィーネは大きく距離を取り、傷だらけの二体と新しくやってきた一体、計三体と改めて対峙する。

まずは傷ついたオーガの一体が、フィーネに向かって駆けだし、拳を振るう。

フィーネが拳を左に躱すと、それを狙っていたかのように、さっきやってきた一体が持っていた棍棒（こんぼう）を投げつけた。

しかしフィーネは最小限の動きで棍棒をやり過ごし、そのまま棍棒を投げてきた敵に肉薄（にくはく）、刀を振るう。

さっきまで疲れて苦戦していたはずなのに、その太刀筋（たちすじ）は美しかった。

あっさりとオーガの首を飛ばしたフィーネは、直後に死角から襲い掛かってきたオーガの拳を避ける。

そしてそのまま距離を取ると、アイスボールを十個ほど発動し、残るオーガ二体へと放った。

オーガは迎撃するべく、石を投げたり拳を振るったりしていたが、アイスボールは触れたそばから幻のように霧散していった。なるほど、あれは鏡花水月の幻影か。

幻影に騙されて困惑するオーガのうち、一体は本物のアイスボールに胸を貫かれて絶命する。

そしてもう一体も、たまたま本物を拳で打ち砕いたようだが、いつの間にか背後に回り込んでいたフィーネに胸を貫かれた。

そうして全ての敵を倒したフィーネは、刀を納める前にその場にしゃがみこんでしまった。

俺は回復魔法をかけながら、近付いて声をかける。

「お疲れ様、フィーネ。三体倒すなんて、すごいじゃないか」

「ありがとうございます……スキルがなかったら危ないところでした。一瞬で視野が広がって、集中力と判断力が上がったおかげですね」

「明鏡止水だったたか？　またいいスキルが手に入ったな」

俺の言葉に、フィーネは苦笑する。

「はい。ただスキルが切れた後の反動がつらいですね。ちょっと動けそうにないです……」

「使用後の精神疲労増大だったか？　しばらく結界でも張って休むか」

それから三十分ほど休んだフィーネは、訓練を再開する。

夕方になる頃には、鏡花水月も明鏡止水もすっかり使いこなして、敵四体と同時に戦えるようになっていた。

ちなみに鏡花水月だが、発動時間に比例して反動が大きくなることが判明した。そのため、タイミングを見計らって一、二秒だけ発動してすぐに解除することで、反動の影響を抑えることができるようになった。

この方法を習得してなかったら、とてもじゃないが四体同時なんて相手にできなかっただろうな。

日が完全に暮れる前には、俺たちはオーガの森を抜けて帰途についていた。

転移ではなく歩いて帰ることでフィーネの気配察知スキルを鍛え、道中で出る魔物を倒すためである。

夜間の戦いはまだフィーネに実践させていないからな、暗くなる前に帰らないと。

辺りがそれなりに暗くなってきた頃、俺たちは新月亭に戻ってきた。

宿の扉を開けるなり、ソフィアさんが迎えてくれる。

「あら、ハルト君にフィーネちゃん、おかえりなさい。ちょうどこれから夕食よ」

「ただいまソフィアさん、ありがとう」

「ただいま戻りました。ありがとうございます！」

俺たちはソフィアさんに礼を言って、席につく。

「そういえばフィーネ、帰り道でグレイウルフとかと戦ったけど、レベルは上がったのか？」

「あ、はい！　ちょっと確認してみますね」

フィーネがステータスを確認するのに合わせて、俺も神眼（ゴッドアイ）で確認してみる。

名前　：フィーネ
レベル：62
年齢　：16
種族　：人間
ユニークスキル：鏡花水月
スキル：剣術Lv５　水魔法Lv４　氷魔法Lv５　身体強化Lv５　鑑定　気配察知
明鏡止水
称号　：二属性使い

たしかオーガと遭遇した時のレベルは33だったから、二倍近く上昇してるな。

フィーネの顔を見ると、頬が引き攣っていた。

「あ、上がりすぎじゃありませんか？」

「うーん、あれだけオーガを倒したし、経験値アップの腕輪も着けてたしな。こんなもんじゃないか？　これだけレベルが高かったらAランク冒険者くらいにはなれそうだな」

昼間はBランクでも……なんて思ってたけど、これならAランクでも大丈夫そうだ。

「え、Aランクですか⁉」

フィーネが思わず声を上げてしまい、周囲の注目を集める。

「す、すみません、何でもないです……」

照れて顔を赤くするフィーネと、それを見て微笑ましそうにするソフィアさんや他の客たち。

厨房から料理を持って出てきたジェインさんは、そんな空気に気付いて不思議そうにしながらも俺たちのテーブルに置いてくれた。

「どうした嬢（じょう）ちゃん。顔真っ赤じゃねえか、風邪（かぜ）か？　こいつを食って元気出しな！」

「い、いえ。風邪ではないんですけど……ありがとうございます」

恥ずかしそうにするフィーネと一緒に、食事をとり始める。

「まぁ、今のフィーネにはそれだけの実力があるってことだよ」

「本当に私、そこまで強くなったのでしょうか?」

不安そうなフィーネに、俺は自信をもって答えた。

「もちろんだ。俺が保証するよ」

「は、はい! ありがとうございます!」

フィーネは嬉しそうに、笑顔で頷くのだった。


翌朝、俺たちは朝からギルドへ向かっていた。

明日に控(ひか)えた昇格式の簡単な打ち合わせをしたいと、ゴーガンから連絡があったためだ。

宿からギルドまでの距離は、そう遠くない。

しかしその道を歩いている間、いたるところから俺の噂話が聞こえてきた。

「三日前の魔物の大量発生って、冒険者がたった一人で壊滅させたんだろ?」

「らしいな。たしかハルトとかいう奴らしいけど」

「……」

「一人で一万以上の魔物を倒したらしいぞ。災害級の魔物も数百匹いたって話だ」

「なんだそれ、もう人間じゃないだろ」

「…………」

「王都に魔物が迫ってきてるって話を聞いた時はもうダメだと思ったけど……英雄が出てきてくれて本当に助かったな」

「ああ、救世主ハルトには感謝しないとな！」

……………

「魔法の一発や剣の一振りで魔物が千体死ぬんだろ？　遠くからしか見てないが、あれはもう御伽噺の勇者様かって強さだったよ」

「ああ、世界最強だよ、間違いない」

……っておい、なんか全体的に話が大きくなってないか⁉

英雄とか救世主とか世界最強とか、そんな恥ずかしい呼び方はやめてくれ！

事件から三日が経って、俺の名前が広まるのはしょうがないだろう。

だけど話が盛られた上にベタ褒めされるとか、恥ずかしくてしょうがない。

幸いにも人相はそこまで広まってないようで、俺の顔を見て声をかけてくる人はいない。

ただ逆に、本人がすぐ近くにいるとは微塵も思っていない人たちの容赦ない噂話が俺の心を抉っていた。

「だ、大丈夫――じゃ、なさそうですね」

俺の顔を心配そうに覗き込んだフィーネが苦笑する。

「あ、ああ。でも、今はまだいいけど、昇格式で顔がバレたらもっと面倒なことになるんだろうな……」

「ア、アハハ……」

うんざりしながらそう言うと、フィーネは顔を引き攣らせた。

そんな話をしているうちにギルドに到着する。

さっそく入ろうと扉に手をかけたのだが、中が騒々しいことに気が付いた。

何だ、トラブルか？

そう思って少し扉を開けると、中の声が聞こえてきた。

「英雄はまだかぁ⁉」

「兄貴いいいぃぃいいいぃいいぃ‼」

「俺たちの英雄に乾杯！」

「早く来い、そして俺たちに酒を奢らせろぉ！」

俺はすぐに扉を閉め、フィーネに向き直る。

「……帰ってもいいか？」

「……気持ちは分かりますが、流石にダメではないでしょうか」

苦笑するフィーネにそう言われ、俺は大きくため息をつく。

そして引き攣った顔を見せないようにスキルの無表情を発動してから扉を開けた。

その瞬間、中にいた冒険者の視線が俺に集まり、全員が沈黙する。

しかし一瞬ののち、割れんばかりの歓声が上がった。

「おおおおおおお！」

「兄貴ぃぃぃ‼」

「我らが英雄のご到着だ！」

「お前等道を開けろ！」

「そこ！　早くどけっ！　死にたいのか！」

あまりの剣幕に俺が怯（ひる）んでいると、扉からギルドマスター室がある二階へ上がる階段までの道が、一瞬で開く。

「「「「どうぞお通りください‼」」」」

「お、おう……」

俺とフィーネはおっかなびっくり、その道を通って階段を上る。なぜか冒険者たちは黙って、俺たちをじっと見つめている。

そして俺たちが二階に辿り着いた瞬間、静まり返っていた階下がまた騒がしくなった。

俺たちは困惑しながら、ギルドマスター室の扉を開けた。

部屋の中では、ゴーガンが忙しそうに書類と格闘していたが、こちらを見て立ち上がる。

「おう来たか、ハルトにフィーネ。さっそくだが明日の昇格式について――」

「いや、ちょっと待ってくれ」

挨拶もそこそこに本題に入ろうとしたゴーガンに待ったをかける。

「なんだ？」

「あれは何だったんだ？」

「あれ？」

「下の階のあれだよ」

そう言うと、ゴーガンは納得したように頷く。

「あぁ、下であの連中に引き留められたら面倒だろうから、ハルトが来たら道を開けてやれって言っといたんだ。道を開けなかった者は冒険者カードを没収するってな」

「ありがたいけど、何かと思ったじゃねぇか。てか職権濫用するなよ」

そうため息をつくと、ゴーガンは深く頷きながら言葉を続けた。

「もしお前があいつらに捕まって、なかなか二階に来れないっつってキレでもしたら、最悪死人が出るからな……」

「そんなことしねぇよ⁉」

……いや、もしかしたらちょっとイラッとするかもしれないけれども。死人は出さないはずだ、流石に。

しかし隣に立つフィーネは、どこか納得したように苦笑していた。

ゴーガンはそんな俺たちを見てくつくつと笑いながら、ソファに腰掛けるように促す。

素直に座ると、ゴーガンが口を開いた。

「……さて、本題だ。明日の昇格式についてだな」

「ああ。何か準備しといたほうがいいのか？　礼服なんて持ってないんだが」

「いや、服装は派手すぎなければ問題ないようだ。国としての公式な行事だから、節度を守っていればいいさ」

「それって、今の服装でもいいのか？」

「ああ。まあ多少は汚れを落とすくらいのことはしてほしいがな」

なるほどね。まぁこの服でオーケーならだいぶ楽だな。

新しい服を買いに行くのとかめんどくさいし。

「その他の注意事項としては、ちゃんと陛下には敬意をもって接するようにすることくらいか。正直なところ、そこが一番不安なんだが……」

「ああ、それは大丈夫だろ。陛下とは知り合いだし」

「そうか、それなら安心……ってハァ⁉　なんでお前が陛下と知り合いなんだ⁉　いやでも確かに、陛下に事件の詳細をお伝えした時、ハルトのことを知っていたような素振りだったな……待て、むしろ知り合いである方が、馴れ馴れしい態度をとって危険なんじゃ……？」

ゴーガンは酷く混乱しているように見える。

「まあ落ち着けよゴーガン、ハゲるぞ？」

「うるさい、元からハゲとるわ！　……はぁ、お前の非常識っぷりにはいつまでたっても慣れんな……ともかく明日はおとなしくしててくれ」

しょうがない、ゴーガンの精神的安定のためにも言われた通りにしとくか。

「分かった分かった。それでフィーネの席はどうなるんだ？」

「ギルド関係者用の特別席を用意しとくから安心しろ。他に質問はあるか？」

「いや、大丈夫だ」

「そうか。それでは朝に新月亭に迎えの馬車をやるから、そいつに乗ってきてくれ……すまないが仕事が溜まっていてな。明日はよろしく頼むぞ」

ゴーガンはそう言って立ち上がり、退室を促す。

ギルドマスター室を出てギルドの一階に戻ると、やはりまだざわついてはいたが、さっきのように大歓声が起こることはなかった。

ん？　ダインたちがいないな、さっきはいた気がするんだが……

集まる視線を居心地悪く思いながら受付に並ぼうとすると、フィーネが不思議そうに首を傾げた。

「依頼を受けるんですか？」

「いや、フィーネが討伐したオーガの換金だ。売らなきゃ収納の肥やしにしかならないからな」

「そうでした！」

どうやら忘れていたようだな。

そんなフィーネを微笑ましく思いながら列に並ぼうとすると、二階から下りてきた人が声をかけてきた。栗色（くりいろ）のセミロングヘアに、ぱっちりとした茶色の瞳をした可愛い系のお姉さんだ。

「あれ、ハルトさんにフィーネさん。受付に御用（ごよう）ですか？」

この人は……確かゴーガンからSランク昇格を打診された時に同席していた秘書だっけ？　そういえば名前を聞いてなかったな……

「はい。えーっと……」

「あ、私の名前はクレアです。よろしくお願いしますね、お二人とも」

クレアさんはそう言って微笑む。

「それで、受付に御用でしたら私が承（うけたまわ）りますよ。ギルドマスターから、ハルトさんの専属になるようにと言われましたので」

「え、専属ですか？　クレアさんが？」

この人、秘書じゃなくて受付嬢だったのか。

「ええ。といっても、他の方の対応もあるので、完全な専属じゃなくて優先になるんですけどね……それと、私のことはクレアと呼び捨てにしていただいて大丈夫ですよ」

「ああ、分かったクレア。よろしく頼む」

「ええ、よろしくお願いしますね、ハルトさん」

クレアはそう言ってにっこりと笑う。

年上の人に言うのも何だけど、かわいいな……

なんて思っていたら、フィーネにわき腹をつねられた。

「いっ、どうした……？」

「別になんでもありませんよ？　少しだらしないなぁ～と」

え、顔ニヤけてた？

腹をさすりながらフィーネに謝っていると、クレアがクスクスと笑っていた。

「ふふ、仲がよろしいんですね……それで、受付にはどんな御用だったんですか？」

「ああ。オーガの素材を買い取ってもらいたくてな」

「分かりました。それではこちらで承りますね」

そう言ってクレアは手続きを進めてくれる。

待っている間、他の冒険者たちの会話が聞こえてくる。

「くっ、俺たちのアイドルであるクレアさんが専属だと……なんて羨(うらや)ましい……！」

「まったくだ。だがあの英雄なら納得してしまう……そうだろ？」

「ああ。あいつなら許せる。クレアさんが笑顔でいてくれるなら俺たちに文句はないさ……」

……クレアさん、凄い人気みたいだな。俺、下手(へた)したら夜道で襲われてたんじゃないか……？

手続きを終えて戻ってきたクレアさんは、何も気付いていないかのようにニッコリと微笑んでいた。

換金を終えて新月亭に戻ると、なぜかダインとノーバン、そしてランゼのSランク三人組がいた。

ギルドから消えたと思ったらこんなところにいたのか。

「おかえり兄貴！」

「なんでお前らがいるんだ？」

「兄貴がこの宿に泊まってるって、たまたま知ってな。兄貴の話を聞こうと思って来てみたんだ」

そう笑って言うダイン。ストーカーか？

そんなダインに続けて、ノーバンとランゼも口を開く。

「兄貴の凄さをご主人と女将(おかみ)に話してたんだが、二人とも話が分かるな！」

「兄貴、二人には全然話してなかったらしいじゃないか。寂しがってたぞ」

「……そうなのか？」

ノーバンとランゼの言葉を受けて、俺はジェインさんとソフィアさんに向き直る。

「まあな。お前が例の英雄だってのはいろんな連中に聞いて知ってたんだがな」

「本人がその話をしないのに私たちが騒ぐのはやめよう、って話してたのよ」

「なるほど……気を遣わせたみたいで悪いな」

俺が申し訳なさそうにしていると、ジェインさんたちは首を横に振った。

「いや、お礼を言うのはこちらだよ。ハルトがいなければ王都は滅んでいたかもしれねぇ。本当にありがとう」

「ええ、ありがとう、ハルト君」

そう言って二人は頭を下げる。

「ハルトさん、お二人がいい方たちで本当によかったですね」

「……ああ、そうだな」

フィーネの言葉に、俺は心から頷くのだった。

第9話　昇格式

そして迎えた昇格式当日。

俺とフィーネはいつも通りの服装で、宿の一階で朝食をとっていた。

少しは緊張するかと思っていたが、服装のおかげもあってかリラックスできている。

そこへ、ジェインさんとソフィアさんが声をかけてきた。

「ハルト、昇格式は俺たちも見に行くからな」

「今日のお昼は休業することにしたのよ」

そう言って満面の笑みを浮かべる二人。

「そうなのか、ありがとう……店の方はいいのか？」

「ああ。昇格式が終わって戻ってきたら営業再開するけどな」

「泊まってる他のお客さんも昇格式に行くっていうから、どうせ宿も空っぽになっちゃうのよね」

ソフィアさんの言葉に、周りにいた宿の客も頷いていた。

「まぁ、Sランクへの昇格式なんてめったにあることじゃねぇからな。国を挙げたお祭り騒ぎになるんだよ」

ジェインさんの言葉に、俺は素直に驚く。そんなに盛大なのか……

そんなことを考えていると、ジェインさんが言葉を続ける。

「にしてもハルトの二つ名が何になるかが気になるな」

「別になくてもいいんだが……」

「そう言うな。Sランクの二つ名は注目の的なんだ。昨日来たSランク冒険者三人組も持ってるしな」

あー、そういえばそうか……

というか俺、ランゼの二つ名知らないな。まさか全裸の○○とかか？

「聞いた話じゃ、『魔王』とか『殲滅者』とか、物騒な候補ばかりみたいだが……まあとにかく、楽しみにしてるからな」

俺のくだらない考えをぶった切るように、ジェインさんがとんでもない爆弾を投下してきた。

……やっぱりその二つのどっちかになるんだろうな。

「あー、まあ期待しててくれ……」

一気に元気をなくした俺を見て、フィーネが苦笑している。

フィーネが笑ってくれるだけまだマシだと思うことにしよう。

それから俺たちは、新月亭の前まで迎えに来た馬車に揺られて城の前にある広場へ向かう。

普段は城の上から王が民に向けて挨拶をしたり、重要な行事がある際に使われたりするスペースだそうだ。

今回はそこにステージを作るんだとか。

馬車はスムーズに進み、厳重（げんじゅう）に警戒された関係者入り口へ入っていく。

馬車から降りると、クレアが待っていた。

「おはようございます、ハルトさん、フィーネさん」

「ああ、おはよう」

「おはようございます」

彼女の後ろではたくさんの人が忙（せわ）しなく動き回っている。

「それではさっそくですが、控室（ひかえしつ）にご案内しますね。付いてきてください」

クレアの後に続いて歩くこと五分、控室に到着した。けっこう遠かったが、それだけ会場が広いってことなんだろうな。

それから、会場や他の参加者の準備が整うのを待ちながら、フィーネとクレアと一緒におしゃべりをして、一時間ほど時間を潰す。

そして部屋の外からノックされたことで、クレアが立ち上がる。

「それではハルトさん、時間になりましたら入場ゲートまでの案内をしに参りますね。私はフィーネさんを特別観覧室にお連れしますので」

ゴーガンが言ってた特別席ってやつか。

「分かった、ありがとう。フィーネもまたあとで」

「はい」

「それでは行きましょう、フィーネさん」

俺は控室から出ていく二人を見送り控室の中を見渡す。

決して華美ではないが、置いてある調度品は全て上質なものだ。

国の行事で使う会場って言ってたし、やっぱりその辺はしっかりしてるんだな。

とはいえ特別特徴がある部屋というわけでもないので、すぐに見るものがなくなる。

十五分ほどボーッとしていると、控室のドアがノックされ、クレアが入ってきた。

「お待たせしました、全ての準備が整いましたので、ご案内します」

それからまた数分ほど歩き、入場ゲートに到着した。

会場は超満員で、多くの人が今か今かと待ち受けている様子が見て取れた。

ステージの上では、ゴーガンと、国王陛下であるディランさんが立っている。

もう始まるようだな。

さっきのおしゃべりの時に確認した流れによると、ゴーガンが司会進行らしい。

そしてディランさんから、正式にランク昇格を伝えられ、新しい冒険者カードを受け取る。これで正式に昇格となり、その後は王都を救った褒美（ほうび）の授与（じゅよ）と、最後に俺から一言スピーチをしないといけないんだとか。

流れを頭の中で確認していると、ゴーガンが口を開いた。

「――それではこれより、冒険者ハルトの昇格式を行う。この昇格式は、ペルディス王国冒険者ギルドギルドマスターである自分、ゴーガンと、ペルディス王国国王陛下によって執（と）り行（おこな）われる、正当な国家行事であることをここに宣言する」

ゴーガンの言葉に、観衆がワッと沸（わ）く。

声が会場中に響いたので不思議に思い、ゴーガンが持っている石を鑑定すると、風魔法の反響（エコー）が付与（ふよ）された魔道具だということが分かった。マイクみたいなものだな。

なるほどと感心している間に観衆が静まり、それを見計らってディランさんが口を開いた。

「では、本日の主役である冒険者ハルト殿の入場だ！」

ディランさんが言い終わると同時に、万雷（ばんらい）の拍手（はくしゅ）と歓声が会場に鳴り響いた。

俺はその中を、ステージに向かって歩いていく。

そしてそのままステージに上がってディランさんの前に辿り着くと、打ち合わせ通りに膝を突き首を垂れる。

「面を上げよ」

「はっ」

俺が顔を上げるのを確認して、ディランさんは続ける。

「――冒険者ハルト。Sランク昇格試験の対象である西の山のワイバーン変異種の討伐、ならびに王都に迫る一万もの魔物の大軍を討伐した功により、貴殿の冒険者ランクを、現在のAよりSへ、さらにその上位のランクであるEXへと昇格させる！」

「……は？」

俺は思わず、そんな声を漏らしてしまった。

ディランさんの背後に控えるゴーガンに目を向けるが、顔を逸らされてしまう。

おい！　なんで言わなかったんだよ！

どうやら観客も驚いているようだ。客席が酷くざわついている。

ディランさんも皆が混乱していることに気付いたのだろう。丁寧に説明し始めた。

「皆は今日、Sランクへの昇格式だと聞いていただろう。だからこそ、EXランクという聞いたことのないランクに驚いていると思うが、これを見てほしい」

そう言ってディランさんが取り出したのは、水晶のような魔道具だった。

そしてディランさんが魔力を通すと、その魔道具から映像が浮かぶ。

浮かび上がったのは、俺が前線で様々な魔法を放ち、魔物を蹂躙しているシーン。メテオインパクトが着弾したところで、映像が乱れてそのまま途切れた。

「さて、この隕石の後に生まれた巨大な雲、王都から見た者もいるかもしれない。彼は映像通りの圧倒的な実力をもって、この王都を救ってくれた。Sランク昇格のために会議をしていた各国の王も、この映像を見せたらEXランクの新設に賛成した——異論のある者は今ここで挙手せよ。話を聞こう」

突然の王の言葉に、観客はますますざわつく。

しかし、客席の中に手を上げる者はいない。むしろ皆、EXランクの新設に納得しているようだった。

それを確認したディランさんは、満足そうに頷く。

「うむ。特に意見のある者はいないようだな。それではこれより冒険者ハルトの昇格式を——む？　ハルト、何か不満かね？」

そこでようやく俺が挙手していることに気付いたディランさんが尋ねてくる。

「いえ、不満というわけではありません……ただ、EXランクと事前に教えていただいていなかったのは、なぜかと思いまして」

「うむ、そのことか。まず、一般に告知しなかったのは、余計な混乱を起こさないためだ。Sランク昇格は珍しいことだが、全く前例がない話ではない。しかしランクの新設となると、情報を求めて過激な行動に出る者が現れるかもしれんからな。そしてハルトにも話さなかった理由だが――」

ディランさんはそこまで言って、ゴーガンをちらりと見る。

「――まあ、どこから情報が洩れるか分からないから、情報を最大限統制していた……ということだな」

……絶対嘘だ。俺をからかうために黙ってたに違いない。

かといってここでそれを言うわけにもいかないし……まあいいか。

俺が呆れていると、ディランさんは更に言葉を続ける。

「さて、それではEXランク新設について、もう少し説明するとしよう。まずそもそも、ハルトはSランク冒険者の『雷速の狂剣ダイン』と『業火の双腕ノーバン』との模擬戦で圧勝している。その後に受けたSランク昇格試験では、西の山のワイバーン変異種を討伐し、Sランク昇格の条件をクリアした」

そこで一息つき、ディランさんは客席を見回す。

「さらに先ほどの映像にあったように、一万もの魔物の大軍を殲滅した。かの大軍の中には、災害級が数十体いたという報告も上がっている。その戦いっぷりを見ていたSランク冒険者三人からは、『三人でかかっても倒せる気がしない』という声もあった。つまりはSランク以上の実力を持ち、既存のランクには収まらないということだな――これらの情報を各国の王と共有したところ、誰の反対もなくランクの新設が決まった、というわけだ」

そこまで語ったところで、ディランさんは俺の目を見つめる。

「ハルト、これでよいな？」

「はい。問題ありません」

というか問題あるとか言ってられないだろ、これ。

そんな俺の心中を知ってか知らずか、ディランさんはゴーガンに目配せする。

ゴーガンは一つ頷くと、懐から布を取り出してディランさんに渡した。

「――冒険者ハルト」

ゴーガンから受け取ったものを布から取り出しながらのディランさんの言葉に、俺は再び首を垂れる。

「貴殿に、世界で最初で最後であろう冒険者ランク、『ＥＸ』を授ける」

俺は頭を上げると、両手を差し出してそれ――冒険者カードを受け取った。

「有難く頂戴いたします」

その瞬間、会場が揺れるほどの歓声が沸き起こった。

俺が受け取ったＥＸランクのカードは漆黒で、しかし不気味に光を反射して輝いていた。

どうやら材質はオリハルコンのようだ。

俺がそれを懐に仕舞うと、ディランさんが右手を掲げ、歓声が止む。

「さて、冒険者ハルト。貴殿に二つ名を授けよう。貴殿に与える二つ名は――『魔王』だ」

《新しい称号〈魔王〉を獲得しました》

……え？　ま、魔王？　マジでそれになっちゃったの？

静まり返る観客に聞かせるように、ディランさんは続ける。

「『魔王』という二つ名を、物騒と感じる者もいるかもしれない。人間と敵対する魔族の王が魔王を名乗っているのだからな。しかしハルトに与えられるのは『魔法の王』たる魔王だ！」

そこで一息ついて、ディランさんは更に説明する。

「あの映像を見てもらえば分かったと思うが、ハルトはあらゆる魔法を操る。あれほど強力な魔法を使える者など、この世に他にいないだろう。『殲滅者』という候補もあったが、畏怖と敬意をこめ、ハルトの二つ名は『魔王』となった」

《新しい称号〈殲滅者〉を獲得しました》

ええ、この流れでも殲滅者の称号手に入っちゃうのか……要らんのだが……

俺が困惑している間に、闘技場が沸き、魔王コールが起こる。

ちょ、恥ずかしいからやめてくれ！

その俺の祈りが通じたのか、ディランさんが会場を鎮め、再び口を開いた。

「さて、ハルト殿。ランク昇格とは別に、国を救ってくれた貴殿に褒美を渡したいと思う。金でも地位でも、望むものを与えよう」

たしかアイリスを助けた時も同じことを言われたな。

でも俺の主義は、あの時から変わっていない。

「陛下。私は自由を求める冒険者、金も地位も不要です。EXという世界初のランクを与えていただいただけで、この身に余る光栄に存じます」

俺がそう言って頭を下げると、ディランさんは予想していたのかあっさりと引き下がった。

「うむ。貴殿ならそう言うであろうな。とはいえ国を救ってもらった恩は返さねばならぬゆえ、後ほどこの恩に見合った報酬を渡したい。受け取ってもらえるか？」

「分かりました。有難く頂戴いたします」

俺の返事に、ディランさんは力強く頷いた。

「それではハルト。最後に、一言お願いしたい」

「分かりました。それでは失礼します」

俺は立ち上がってディランさんに背を向けると、咳払いを一つしてから観客席に向かって口を開く。

「ほとんどの人ははじめましてだと思うが、今回EXランクになった晴人だ。Sランク昇格だと思ってたのに、すっかり騙されたよ」

そう言って笑って見せると、観客も笑ってくれる。

「さて、自分で言うのもなんだが、俺が冒険者登録してからこのEXランクになるまで、あっという間だった。ついでに言えば、さっきの陛下のお言葉にあった通り、ダインとノーバン、ランゼの三人と戦っても瞬殺できる自信がある。俺がそこまで力をつけたのは、この世界が弱肉強食(じゃくにくきょうしょく)だからだ。力がなければ、守りたい人を守ることもできない。だから力をつけた」

俺はそこで言葉を切り、場内を見渡す。

「一つ覚えておいてほしいのは、俺が守りたいのは国とか地位とかメンツとか、そんなものじゃなくて、仲間や身内だってことだ。俺はどの国の下にもつかないし、もし身内に手を出す奴がいたら徹底的(てっていてき)に潰す。相手がたとえ国だろうが、俺にはそれができるだけの力がある」

俺はそこまで言って、フィーネとディランさん、客席にいたアイリスや王妃のアマリアさん、ダインたちなどの知り合い以外に向かって軽く威圧を放った。

「……まあ、この国には知り合いが多いし、陛下は名君だ。そして何より、いい国だと思う……かといってこの国に所属するってわけじゃないし、何かあれば行動に移るかもしれない。その辺は他の国だって同じだけどな」

ディランさんは俺が威圧を放ったのを察したのだろう、複雑な表情を浮かべているが、許してほしい。

客席に紛れ込んでいる他国の人間や、俺を利用しようとしている貴族連中にはこうやって警告しておかないとな。

「言いたいことはそれだけだ。怖がらせてしまってすまないな」

俺はそう言って、火、水、風、土、雷、氷、闇、光と、回復以外の全ての属性魔法の魔力を空に放つ。

そして上空に色とりどりの八つの光が広がり、観客が見惚れるうちに昇格式は終わったのだった。

第10話　パーティー

昇格式当日の夜は、貴族や軍の上層部を集めたパーティーが王城で行われた。

魔物の大量発生を乗り越えた祝勝会と、俺のEXランク昇格のお祝いを兼ねたものだ。

俺の服はディランさんたちが用意してくれたもので、黒の燕尾服に、白シャツ、赤い蝶ネクタイと、普段は着ないようなキッチリしたものだ。髪もしっかりセットしてもらって、左半分だけ後ろ向きになでつけられている。

フィーネの服も用意してくれたらしいけど……どんな感じになってるんだろうな。

そう思っていると、扉がノックされて開いた。

「あの、似合いますか？」

俺が振り返るとそこには、ドレスに着替えたフィーネがいた。

白い生地の、派手すぎずシンプルすぎないデザインのドレスだ。髪は普段と違って、後ろで一つに結ばれている。

俺は目を奪われ、思わず言葉を失ってしまった。

「ハ、ハルトさん？」

不思議そうなフィーネの声に、俺は慌てて返事をする。

「あ、ああ、ごめん。とても似合ってるよ」

「そうですか？　ありがとうございます……その、ハルトさんも似合ってますよ？」

「ありがとうな」

フィーネの頬は、赤く染まっていた。

多分、俺もフィーネと同じだろう。

二人して顔を真っ赤にしてどぎまぎしていると、城の使用人が呼びに来て、パーティー会場に案内される。

俺たちが会場入りしたのを確認したディランさんは、声を上げた。

「——皆の者、主役の登場だ！」

その言葉に、各々で歓談していたパーティーの参加者が大きな拍手をする。

俺とフィーネはメイドの案内に従って、前の方にあるステージまで進む。

そしてフィーネはそこで留まるよう指示され、俺だけが壇上に上がった。

ディランさんの前まで進んだ俺は膝を突き、右手を胸に当てて頭を下げてから口上を述べる。

「陛下。この度は私の為に、このようなパーティーを開いていただき感謝いたします」

「うむ。さあ、立ってくれ……さっそくだが、約束の報奨金を与えよう」

ディランさんのその言葉と共に、ゼバスチャンがコンパクトな、それでいて豪華な装飾の箱を持ってくる。

その箱の上には、貨幣が数枚と、革袋が載っていた。

「ハルト殿。魔物殲滅の報奨金として、黒金貨十枚を授与する」

ディランさんはそう言いながら、ゼバスチャンから受け取った箱を俺に差し出す。

黒金貨十枚って……十億ゴールドじゃねえか！　大体一ゴールドが一円だったはずなので、あまりの金額にめまいがしそうになる。

しかし俺はスキル無表情（ポーカーフェイス）を発動し、平然と箱を受け取った。

「有難く、頂戴（ちょうだい）いたします」

俺の言葉に頷いたディランさんが、問いかけてくる。

「時にハルト殿は、宿住まいだったな？」

うん？　確かに前にそう伝えた気もするけど……

「はい。それがどうかされましたでしょうか？」

「うむ。正式な拠点がなければ困るだろうと思ってな、王都に屋敷を手配した。場所については後ほど教えよう……ああ、もちろん、あくまでも拠点だからな、我（わ）が国に所属させるという意図はないから安心してくれ」

マ、マジか……家まで用意してもらえるのかよ。とりあえずここは素直に頂戴しておこう。

「有難き幸せ」

「うむ。パーティメンバーのフィーネ殿と一緒に住むとよい」

ディランさんはちらりとフィーネを見てそう言った後、会場の皆に向き直った。

「——さあ、これにてメインのイベントは終了だ！　皆ここからは、思い思いにパーティーを楽しんでくれ……乾杯！」

「「乾杯‼」」

ディランさんの音頭で、にぎやかにパーティーが始まった。

俺はゼバスチャンに報酬の黒金貨を預け、ディランさんと一緒に壇上から下りる。

そこには、フィーネとアイリス、アマリアさんがいた。

「ハルトさん、お疲れ様でした」

「おつかれ、ハルト！」

「ありがとうフィーネ、アイリス……ところでディランさん、黒金貨十枚って、個人に渡すには高額すぎないか？」

労ってくれるフィーネとアイリスにお礼を言いながら、俺はディランさんに問いかける。

すると近くにいた貴族らしきおっちゃんが、「――なっ、陛下に対して無礼なっ……」と零したのが聞こえた。

どうやら近くにいた他の貴族も聞こえたようで、驚いていたり、忌々し気な表情を浮かべていたりする。

あー、そうだった。この前会った時に、ディランさんが普段通りでいいって言ってたからその癖が抜けてなかったな。流石にまずかった？

そう思ってディランさんを見ると、くつくつと笑っていた。

「くくっ……皆の者、気にするでない。ハルトにはアイリスの命を救ってもらったこともある。対等でよいと私の方から言っているのだ。式典の場ではちゃんと弁えているのだから問題ないであろう？」

　その言葉に、周囲の貴族たちは渋々（しぶしぶ）といった様子で納得した。

「やれやれ、ハルトはこの世界で唯一のEXランクなのだから、身分など気にしなくてよいのにな……それでハルト、報酬の話だったか？」

「ああ。あんな金額渡されたって、使う機会がないと思うんだが」

「まぁそう言うな。国を救ってもらったんだ、あれでも少ないくらいさ。だからこそ拠点となる屋敷も手配したんだぞ」

　確かにそう考えるとそうだな……

「それじゃあ、素直に受け取っておくよ」

「そうしてくれ……ああ、折角（せっかく）の料理だ、食べようじゃないか」

　ディランさんのその言葉に誘われて、俺たちは食事を楽しむことにした。


　食事が一段落し、少し外の空気を吸おうと思ってその場から離れると、一瞬で大量の女性陣と貴族たちに囲まれてしまった。

「ハルト様、私と一曲踊（おど）っていただけませんか！」

「いえ、私と！」

「それよりもご結婚はされておられるので？　よろしければ——」

「なに抜け駆けしているのよ！」

「そんなんじゃないわよ！」

「ハルト殿、私の娘は今十七でして――」

「いいえ、私の娘の方は十五でして――」

誰も彼もすさまじい勢いだ。

ＥＸランクという逸材を逃がすまいと必死なのだろう。

しかし俺は全く興味がないので、数分だけ言葉を交わしてすぐに「すみません、少し外させていただきますね」と言ってその場を離れた。

まさかこんなに囲まれるとは……なんて思っていたら、同じく大量の男性陣に囲まれているフィーネを見つけた。

フィーネは可愛いからしょうがない、とはいえ放っておくわけにもいかないので、声をかける。

「フィーネ、行こうか」

フィーネはこちらを見てパッと顔を輝かせると、大きく頷いた。

「あ、ハルトさん！　はい！」

フィーネに群がっていた貴族たちは、俺がフィーネの隣に立つと、挨拶をして去っていく。

フィーネが俺のパートナーだということは、さっきまで一緒にいたから分かっているのだろう。少し名残惜しそうな仕草はしていたものの、食い下がる者はいなかった。

俺とフィーネは飲み物を手に、バルコニーへと向かう。

「まさかあんな勢いで群がられるとはな……」

「そうですね……私まで囲まれるとは、流石に予想外でした」

二人で一息つきつつ、そんな言葉を交わす。

「フィーネもダンスに誘われていなかったか？」

「私なんてついでですよ……ハルトさんの知り合いだから、みんな繋がりを得ようとしていただけです。私個人を誘いたいわけじゃありません」

「そんなことないと思うけどな～」

そう言うと、フィーネは「え？」と俺の顔を凝視する。

俺はその場でそっと膝を突き、手の平をフィーネに差し出す。

「よろしければ私と一曲どうでしょうか？」

最初は困惑していたフィーネだったが、すぐに頬を赤くした。

「は、はい！　よろしくお願いします！」

そう言って、俺の手に自分の手を重ねてくれた。

立ち上がった俺は、フィーネの手を引いてパーティー会場に戻り、そのまままっすぐにホールの中心へと向かった。

さっき俺にダンスを申し込んでいた令嬢、フィーネに言い寄っていた若い貴族、そしてシンプルに俺のことが気になるらしき老貴族……多くの視線が集まっているのが分かる。

と、そこで、じっとこちらを見つめるアイリスと目が合った。

なにやら口をパクパクさせているが……

えっと？　つ、ぎ、は、わ、た、し、と、だ、か、ら……って、マジかよ。

しかしアイリスの表情が真剣すぎたので、俺は素直に頷く。断ったらとんでもないことになりそうだからな。

そんな俺の様子を疑問に思ったのか、フィーネが尋ねてきた。

「どうしました？」

「その、アイリスが次は私とだから、って……」

「い、今以上に注目されそうですね……」

「王女様とダンスを踊ったら、流石になぁ」

そんな会話をしているうちに、ホールの中央に辿り着く。

一応俺が今日の主役だから気を遣ってくれたのか、ぽっかりとスペースが空いていた。

俺たちはぎこちない動きでお互いの手を取り、腰に手を回す。

「き、緊張しますね」

「そうだな。でも、俺たちは俺たちなりにやればいいんだ」

「はい、そうですね」

そして曲が一旦終わり、少しだけ間ができる。

ふと周りを見渡すと、俺たちの周囲どころか、ダンスホールにぽっかりとスペースが空いていて、誰も踊ろうとしていないことに気が付いた。

だ、誰も踊らないの？

まずい、踊り方なんか知らないから、周りに合わせて適当に踊ろうと思ってたんだけど……

内心焦っていると、例の無機質な声が頭に流れた。

《スキル〈社交術〉を獲得しました。スキルレベルが10となりました》

……あ、うん。いつものやつね。

どうやらダンスだったり礼儀作法だったり、貴族としてのマナーをサポートしてくれるスキルみたいだ。

相変わらず便利だな～、万能創造。

「ハ、ハルトさん。こんなに注目されるなんて思ってなかったんですけど……それにちゃんとした踊り方も分からないですし」

「大丈夫だフィーネ。俺がリードするから」

励ますようにそう言うと、フィーネは「流石ハルトさんです……」と頬を染めながら呟いた。

始まった曲に合わせて、ゆっくりと体を揺らす。

そのまましばらく踊り続け、フィーネが慣れてきた辺りで、曲のテンポが上がって明るい曲になった。

俺たちもダンスに集中し、だんだん周りの視線が気にならなくなってくる。

そのまま二人してダンスを楽しみ、曲が終わると、会場は万雷の拍手に包まれた。

周囲からは「まさかあんなに踊れるなんてな」「ハルト様、かっこよかったわね」「フィーネさんも綺麗だったな」なんて声が聞こえてきて照れくさい。

その後はさっきの約束通りにアイリスとも一曲踊り、俺はますます貴族たちから絶賛（ぜっさん）されたのだった。

俺とアイリスがダンスを終えてその場を離れると、これまで見ていた貴族たちがようやく踊り始める。

そんな彼らを横目に、アイリスとフィーネと三人でディランさんたちのところへ戻った。

「三人とも素晴らしいダンスだった」

「フィーネちゃんもアイリスも、いい顔だったわよ」

二人は俺たちを見るなり、すかさず褒めてくれる。

ぱっと赤くなったフィーネとアイリスを見て、アマリアさんは「あらあらまあ」とニコニコしていた。

「さてハルト、パーティーの途中で悪いが、少し客間で話をしないか？　フィーネ殿も一緒に来てくれ」

そんなディランさんの言葉に、不思議に思いつつも俺とフィーネは頷く。

王家の執事、ゼバスチャンの先導で客間へ移動した俺たちは、ディランさん、アマリアさん、アイリスと向かい合って座った。

そしてゼバスチャンが用意してくれた紅茶を口に含んだ瞬間――

「ハルト、アイリスを嫁に貰うつもりはないか？」

「ゴホッゴホッ！」

ディランさんがとんでもないことを言い始めた。

俺は盛大にむせてしまい、何とか落ち着いてからディランさんに聞き返す。

「ど、どういうことだ？　もう一度いいか？」

「聞いていなかったのか？」

「聞いていたからむせたんだよ！」

そう俺は突っ込む。

「なに、アイリスを見れば、どういうことか分かるだろ?」

そうディランさんに言われてアイリスに目を向けた俺は、一瞬で理解した。

アイリスは真っ赤な顔で、にっこりと微笑んでいる。

——なるほど、アイリスは俺に惚(ほ)れているってことか?

でもアイリスは第一王女だよな? 結婚したら政治関係のことに巻き込まれるんじゃ……なんにしても急すぎないか?

なんて考えていると、ディランさんが身を乗り出して尋ねてくる。

「で、どうだ?」

「だから——」

「私ではその……ダメ?」

俺はディランさんに落ち着いてもらおうとしたのだが、アイリスが食い気味に口を開く。

「い、いや、ダメではないが……なんで俺なんだ?」

「ハルトは普通に接してくれたでしょ? 私の周りの人は皆、王女だからってへりくだる人ばっかりなのよ。それに暗殺者に狙われた時も、城から見ていたこの前の魔物の撃退も、かっこいいなって……」

アイリスはそう言って、赤い顔のままにこやかな笑みを浮かべた。そんなに言ってもらえると照れるな。

ふと、フィーネがどう思っているのか気になって横を見てみると、元々白い肌をますます白くして、「そんな！」とでも言いたげな表情で固まっていた。

「フィ、フィーネ、大丈夫か？」

フィーネは俺の言葉にビクッと体を震わせ、ギギギッと油を差し忘れた機械のようにぎこちない動きでこちらを見る。

「い、いいいや、大丈夫ですよ⁉　わ、私は別にハルトさんがアイリスさんとけ、けけ結婚しようが——」

と、そこでアイリスが立ち上がり、動揺しているフィーネに近付いて耳打ちをした。

「——ふぇ？」

目を白黒させるフィーネに、再び耳打ち。

「いや、でも……」

そして再度耳打ち。

「っ⁉」

そしてフィーネは、さっきまで真っ白だった顔を真っ赤にさせた。

「な、なななんでアイリスさんが、わ、私がハルトさんのことが好きだってことを⁉　あっ……」

慌てた様子で大声を上げたフィーネは、自分が何を言ったのか気付いたようで、一瞬固まった後に恐る恐るこちらを見る。

えっと、今のって……

何と言おうか考えているうちに、アイリスがフィーネに再び耳打ちをした。

しばらく二人は小声で何やら言い争っていたが、すぐに話が付いたようで、フィーネが何かを決心したような表情でこちらを見つめてくる。

「は、ハルトさん！」

「はい！」

フィーネのあまりの剣幕に、俺は思わず姿勢を正して大声で返事をする。

そしてフィーネは大きく深呼吸をして、まっすぐに俺を見つめて言った。

「わ、私、ハルトさんのことが……その、す、好きです！」

俺は気の利いた言葉が咄嗟に出てこず、固まってしまう。

ディランさんとアマリアさん、アイリスも、無言でじっと見守っていた。

その沈黙を不安に感じたのか、フィーネの赤かった顔から徐々に血の気が引いていく。

「やっぱり私なんかじゃ釣り合わないですよね……」

耐えられなくなったフィーネはそう言って俯いてしまった。

俺は慌てて首を横に振る。

「そんなことないぞ」

「え？」

フィーネは顔を上げて俺を見る。今にも泣きそうな顔だ。

「……俺だって、フィーネのことが好きだ。こんな状況じゃなくて、ちゃんと自分から伝えたかったんだけどな。だからフィーネ、ずっと一緒にいてくれ」

俺の告白に、フィーネは再び真っ赤になった。

「え？　え……？」

まさか俺がそんなことを言うとは思っていなかったのか、フィーネは混乱した様子だ。

「いやぁ、ハルトはモテるなぁ。まぁ、フィーネ殿だけじゃなくて、アイリスのことも幸せにしてやってくれよ？　正妻（せいさい）じゃなくてもいいからな？」

そんな俺たちの様子を見ながら、ディランさんがニヤついて口を開いた。

いやいや、第一王女なのに正妻じゃなくていいとか問題あるだろ……

「だから――」

「国王命令だからな？」

そんなことで王の命令とか使うな！

思わずそう突っ込もうとしたところで、アマリアさんにも言われてしまう。

「ハルトさん、アイリスのこと、幸せにしてちょうだいね？」

「いや、そもそも第一王女であるアイリスの相手をこんな簡単に決めていいのか？　だいたい俺はフィーネのことを好きだって言ってるんだぞ？　別にアイリスのことが嫌いってわけじゃないが……一夫多妻なんて許されるのか？」

俺がいた日本では重婚は禁止。もちろん俺の感覚では、一夫多妻ってのは違和感があるんだよな。男の夢だとは思うけど。

しかしディランさんは、不思議そうに首を傾げた。

「うん？　別に普通だぞ？　この国……というか大体の国で禁止されているわけじゃないし、他国の王なんかは当然側室を持っているしな」

な、なるほど……でもフィーネとアイリス的にはどうなんだ?

「わ、私は構いません。その、ハルトさんと一緒にいられるのなら……それに同じ人を好きになるっていいじゃないですか♪」

フィーネはそう言ってアイリスを見つめる。

「そうね。フィーネの言う通りだわ。もちろん一番はフィーネに譲るわよ♪」

アイリスもアイリスで、あっさりと頷いていた。

「はい！　ということでハルトさん！」

「ハルト！」

「……分かったよ。二人がいいなら俺は構わない。これからよろしくな」

俺が頷くと、二人も幸せに満ちた笑顔で頷くのだった。

と、そこであることが気になった。

「ディランさん、跡継ぎはどうするんだ？」

アイリスに兄妹がいるって話は聞いたことないんだよな。てっきりアイリスが婿を取るもんだと思ってたけど……

するとディランさんはニヤリと笑った。

「ハルトが次の国王になるか？　こっちは構わんのだが？」

「よしてくれ。俺に国王とかは向いてないからな？」

「くくっ、冗談だ……実は、アイリスにも言っていない話があってな——アマリアが妊娠しているんだ」

ディランさんはそう言って、アマリアさんが撫でている彼女のお腹を優しい表情で見る。

「「えええええええええええっ⁉」」

アイリスはもちろん、俺もフィーネも、本気で驚いていた。

「男か女かは分からんが、生まれてくるのが楽しみだ！　ハッハッハー」

「次は男の子かしらね？　ウフフ♪」

ディランさんもアマリアさんも、本当に嬉しそうだ。

子供が生まれたら、アマリアさんには何かお祝いをあげないとな。

俺とフィーネがお祝いの言葉を贈ると、二人とも少し照れくさそうにする。

一方でアイリスは、「お姉ちゃん？　それともお姉様？　他には姉上かな？」などと一人で呟きながら、呼ばれ方を考えていた。

「そういえば、このことを知っている人は？」

「宰相やゼバスと極わずかしか知らんな……公表もまだ先だ」

俺の言葉に、ディランさんが答えてくれた。

まあ、あまり考えたくはないが無事に生まれるかも分からないもんな。俺が元いた日本と比べると、出産の成功率ってあんまり高くなさそうだし。

そんなことを考えていると、ディランさんが思い出したように口を開いた。

「そうそう、報酬の拠点の件だがな……ゼバスチャン、例のものを」

「はい、こちらに」

部屋の隅に控えていたゼバスチャンが、懐から一枚の羊皮紙を取り出す。

そしてディランさんは、受け取ったそれをそのまま俺に手渡した。

「これは報酬になる屋敷の権利書だ。詳しくは実際に屋敷を見てほしいのだが……とりあえず、屋敷の場所は貴族街の一等地だな。元々王家が所有していたものだから、好きに使ってくれ。それに三人で済むには広すぎるから、使用人でも雇うといい」

「「……え？」」

俺とフィーネは、ディランさんの言葉に思わず声を上げた。

えっと、そんなにいい場所なの？　しかも元王家の所有物って……

正直断りたいけど、もう無理だよな、この雰囲気。

俺とフィーネは、とりあえず「ありがとうございます」と素直に頭を下げるのだった。

話を終えた俺たちは、パーティー会場に戻ってきた。

さっきは逃げてしまったので、参加者としばらく話をするうちに、パーティー終了の時間となったようだ。

ステージにディランさんが上がり、皆が静まり返る。

「さて、冒険者ハルトのＥＸランク昇格パーティーは楽しんでもらえただろうか。彼と話せた者とそうでない者、それぞれいたと思う。そこで、最後にハルトから一言いただくとしよう」

そう言ってディランさんは、俺を壇上へと手招きをする。

「え？　またなのか⁉」

「もちろんだ」

俺はフィーネとアイリスに見送られ壇上に上る。

何を話せばいいんだと思ってディランさんを見ると、いい顔で頷かれた。えー、丸投げですか。

「……えー、ゴホン。本日EXランクに昇格した、晴人です。本日は私の昇格パーティーを開いてくださった陛下と、それに参加してくださった皆様に心より感謝いたします」

そこで俺は一礼し続ける。

「私が冒険者になってからここに来るまで、あっという間でした。それも、たくさんの方に支えてもらったおかげだと思います」

一呼吸おいてから続ける。

「そして今は、守らなければいけない大切な人もいます」

フィーネとアイリスの方を見ると、二人ともにこりと微笑む。

俺は再び会場を見渡した。

「出会った人たちは皆、優しく、面白く、頼りになりました。そんな彼らの中に、さっき言った『大切な人』も含まれています。俺は今よりももっと強くなって、大切な人たちを守り続けたいと思っています」

改めて言葉にすると恥ずかしくなり、ゴホンと咳払いをする。

「皆さん、今日は来てくれて本当にありがとう。これからもよろしく頼む」

俺はそこまで言って、一礼して下がる。

そして、ディランさんの締めの言葉によって、パーティーは無事に終了したのだった。

第11話　拠点のお披露目

パーティーの翌朝、俺とフィーネが新月亭で朝食をとっていると、宿の扉がいきなり勢いよく開いた。

「来たわよ！」

その大声に、食堂にいた全員が入り口を振り返る。

そして俺が代表して、その場にいた全員の疑問を口にした。

「なんでアイリスがここに？」

そう、そこにはアイリスと、彼女の侍女であるアーシャが立っていた。

アイリスの服装は昨日のドレス姿とは違って、出会った時のようなラフなものだった。

しかし今、新月亭にいる人たちは、アイリスの姿を昨日の昇格式で見たばかりだ。さらに俺が名前を口にしたものだから、入り口にいるのがこの国の第一王女だとすぐに気付いてしまった。

料理を運んでいたソフィアさんも、厨房に立っていたジェインさんも、食事をとっていた宿泊客も、全員がすぐさまその場に膝を突いて頭を下げた。

そっか、普通王女がいたらそういう反応だよな。まあ、俺とフィーネはいつも通りだけど。

アイリスは跪(ひざまず)いた皆を見て口を開く。

「そんなに畏(かしこ)まらなくていいわよ、仕事と食事の邪魔(じゃま)をしてごめんなさいね。どうぞ続けてちょうだい」

そんなアイリスに、ジェインさんが尋ねる。

「……恐れ入ります。ですがなぜ、アイリス王女殿下がこのような場所に？」

「ええ、ちょっとハルトに用があってね」

アイリスはそう言って、俺の方に向き直った。

「さあハルト、行くわよ？」

「……どこにだよ？」

「もちろん屋敷よ。昨日書類は受け取ったでしょ？」

あー、やっぱりか。まあ、今日からしばらくはのんびりする予定だったし、近々行こうと思っていたからな。

「分かった……フィーネ、さっさと食べちまうぞ」

「そうですね」

ふと周りを見渡すと、食堂にいた皆はさっきのアイリスの言葉を受けて立ち上がって、仕事に戻ったり、席に着いたりしている。

しかし全員の動きがぎこちなく、緊張しているのが見て取れた。

なんだか申し訳なかったので、俺たちはさっと朝食を済ませてから、逃げるようにして宿を出るのだった。

俺たちは、アイリスの先導で屋敷に向かう。

アイリスは既に場所を把握(はあく)しているようで、貴族街をずんずんと進んでいった。

それにしても……

「なあアイリス、すいぶん奥に進んでるけど、道間違ってないか？」

「間違ってないわよ？」

自信満々に答えるアイリス。

貴族街の中でも、王城に近付くほど格が上がる。ディランさんは一等地と言ってたけど、ここまで奥の方に来たら、一等地どころじゃないんじゃ……

そう思っているうちに、アイリスがとある豪邸(ごうてい)の前で足を止めた。

建物自体もデカいし、庭もかなり広い。建物がもう一棟くらい入るほどの広さだ。こんな一等地でここまで広い庭って、かなり豪勢(ごうせい)だよな。

というか、ここで立ち止まったってことは……

俺とフィーネは、恐る恐るアイリスに顔を向ける。

「ここって……」

「まさか……」

「そのまさかよ！　ここが今日から私たちの屋敷よ！」

アイリスが胸を張って、ドヤ顔で宣言する。

「いや、いくらなんでも豪邸すぎないか？」

「そ、そうですよ。私たちが住むには大きすぎです」

「いいじゃない。これからもっとお嫁さんが増えるんだから」

え？　ああ、聞き間違えたかな。

「もう一度いいか？　今何て言った？」

「お嫁さんが増えるって言ったのよ」

あっけらかんと答えるアイリスに、俺とフィーネは一瞬固まった後、思わず大声を上げてしまった。

「「えぇぇぇぇぇぇぇ!?」」

まったくもって初めて聞くことで、俺は混乱する。

「い、いや。なんでそんなことになるんだよ!?」

「だってハルトはかっこいいじゃない。魅力的で強い男に女の人が寄ってくるのは必然なのよ！　ハルトのお嫁さんが二人なんかで収まるはずがないわ！」

「いやいや、俺にはそんな気はないからな？　絶対にそうはならないからな!?」

ダメだ、自分で言っててフラグを立てている気がしてならない。

しかしアイリスは俺の話を聞かず、顎に人差し指を当てて「んー」と考え込む。

「そうね、あと三人は欲しいかな？」

「お前の願望じゃねーか!!」

「やっぱり可愛い子がいいわね……五人くらいいてもいいかも！」

「こいつもうダメだ……」

顔を赤くしてトリップしているアイリスを放置して、俺はフィーネを見る。

「あ、あと三人も……わ、私、大丈夫でしょうか……ですがここは正妻である私が頑張らなければ……ですが――」

こちらも熟れたリンゴのように顔を真っ赤にしてブツブツと呟いていた。

俺はため息をついて、アーシャと顔を見合わせる。

「アイリスを頼む」

「はい」

俺はトリップしているフィーネに声をかける。

「おーい、フィーネ？」

反応が無い。

次に両手でフィーネの両頬をつまんでムニムニしてみた。

「ふぇ？　ハルトさん……？　はっ、はわわわっ！　ち、違うんですよ！　私は――」

フィーネはようやく我に返ると、さっきの自分の発言を思い出して慌て始める。

「ん？　なんか言ってたか？」

なんだか可哀想だったので、俺は聞こえなかったフリをした。

聞かれてたって分かったら、フィーネが耐えられない気がする。

「い、いえ、なんでもないです……」

フィーネは俺の反応に、安堵してため息をついた。

アイリスとアーシャを見ると、アーシャがアイリスの肩を掴んで思い切り揺さぶっていた。

「変なことを言ってないで、早く行きますよ、姫様！」

王女にそんなことしていいのか……？　とは思ったが、二人は長い付き合いらしいし大丈夫なのだろう。

そこでようやく我に返ったアイリスが、不思議そうにアーシャに尋ねる。

「どうしたのアーシャ？」

「屋敷を見るんでしょう？」

「あ、そうだったわね！　……それじゃあハルトにフィーネ、行くわよ！」

アイリスは『しまった！』という表情を浮かべた後、屋敷の門を開いた。

門から建物の玄関までは五十メトルほどあり、真ん中には大きな噴水(ふんすい)がある。

その噴水を横目に玄関まで歩を進めた俺たちは、両開きの扉を開いた。

扉の向こうは広いホールになっていて、中央の階段が二階へと続いている。その階段の周囲には、いくつかの扉や左右に延(の)びる廊下(ろうか)があった。調度品も、かなり豪奢(ごうしゃ)だ。

予想以上にきらびやかで、俺とフィーネは思わず言葉を漏らす。

「す、凄いな……」

「……ですね」

「ふふん！　当然よ！」

「なんでアイリスが胸を張ってるんだよ、お前が建てたわけじゃないだろ……」

そんな会話を交わしながら、俺たちは一階と二階、それぞれの部屋を確認していく。

一階にあるのは、厨房に風呂、客間とリビングになる広い部屋に、小規模な広間。それから、少し広めの部屋が二つ。

二階には中央に書斎(しょさい)が一つと、個室が十二個だ。

また、地下室もあった。これは食糧庫や倉庫になってるみたいだな。

俺たちがここに住むことが決まってから掃除をしてくれたのか、どこも綺麗だった。

一通り見終えた俺たちは、玄関ホールで部屋割りの話をする。

「さて、それじゃあ部屋を決めるか。フィーネにアイリス、希望はあるか？」

まずは二人の部屋を決めて、俺は余りの部屋から選ぼうと思っていたのだが――

「そうね、とりあえずハルトは二階の一番広い部屋ね！」

「そうですね！」

「それが妥当かと」

アイリス、フィーネ、アーシャがそう決めてしまった。

「え？　いや、俺の意見は……？」

「それで私とフィーネが両隣ね！」

「そうですね！」

「それが妥当かと」

俺の言葉は無視され、アイリスたちの部屋も決まった。

「それでは私は、仕事のしやすい一階の部屋の片方を使わせていただきますね。少し広いですが、他にも使用人を雇うことになるので、そこを使用人部屋にしたいと思います」

アーシャがそう言って頭を下げる。

「あれ？　アーシャもこの屋敷に？」

「はい。陛下にそう言われておりますので」

俺の言葉に、アーシャはしっかりと頷いて、紙切れを渡してきた。

紙に書かれていたのはこんな内容だった。

アーシャへ
これよりアイリスはハルトの屋敷に住まうことになった。
アーシャもともにハルト邸に住むように。

まあ、アーシャはアイリスの侍女だから当然っちゃ当然か。

屋敷の管理とかやってもらえそうだし、ありがたくはあるんだが……

「こんだけ屋敷がデカいと、アーシャと俺たちだけじゃ掃除とか大変だよな……」

普段使うところだけを綺麗に、ってわけにもいかないよなぁ。

どうしたものかと思っていると、アイリスが当然のように言う。

「使用人を雇えばいいじゃない。パパも言っていたでしょ？」

「……使用人？」

ああ、確かにそんなことを言っていたな。

「そうよ。ハルトは王都を救った英雄なんだから募集すれば山ほど来るわよ！」

「マジで？」

「マジよ！」

自慢するかのように胸を張るアイリス。

だからなんでお前が胸を張るんだ……とは思うが、そんなふうに言われて悪い気はしない。

「どこで募集をかければいいんだ？」

俺の疑問には、アーシャが答えてくれた。

「それでしたら、冒険者ギルドを通して使用人の募集ができますよ」

「そうか。なら行ってくるとするか」

「さっそくですか？」

「ああ。早いに越したことはないしな……どうせ申請とかするだけだろうから、三人はちょっと待っててくれ」

三人は俺の言葉に頷くと、家具などの調度品をどうするか、楽しげに話し始めたのだった。

冒険者ギルドに辿り着くころには、すっかりお昼になっていた。

ギルドの扉を開けると、顔見知りの冒険者がこちらに気付いて手を振ってきた。今日はダインたちがいないためか、かなり静かだな。

俺はまっすぐ受付に向かって、クレアに話しかける。

「クレア、今大丈夫か？」

「あら、ハルトさんじゃないですか。お話でしたら場所を変えますか？」

「いや、そんな大した話じゃないからここでいいよ。実はさ——」

俺は屋敷を手に入れたこと、管理と維持のために使用人を募集したいことを伝える。

「——なるほど、昨日陛下が仰（おっしゃ）っていた報酬とは、貴族街のお屋敷のことだったんですね……それでは何名、どのような条件で探しましょうか？」

そうだな、アーシャもいるし、全部で四人いれば十分かな？

「それじゃあ、とりあえず三人かな。性別は任せるけど、男性が一人は欲しい。それと、ＥＸランクの俺と王女のアイリスが一緒に住む以上、どんなトラブルがあるか分からないから、冒険者ランクＣ以上の実力がある人材を頼むよ」

クレアは一瞬固まって、「え？　アイリス殿下も一緒……？」と呟いた後、慌てたように言葉を続けた。

「Ｃランク以上の実力ですか、ちょっと条件としては厳（きび）しいですが、探してみますね。給料はどうしましょう？　屋敷の使用人の平均的な給料は、大体月二十万ゴールドくらいですが……」

意外と低いな？　まあ、住み込みの仕事で衣食住はほぼ保証されてるだろうからそんなもんかな。

んー、あんまり給料が低くて人が集まらないのも嫌だしなぁ……

「なら、そうだな……三十五万ゴールドでいいか」

「そ、そんなに⁉」

クレアが驚愕の声を上げ、注目を集めてしまった。

見られていることに気付いたクレアは、顔を真っ赤にし謝罪する。

「す、すみません！　……でもハルトさん。流石に高すぎですよ！」

「高い方が応募が来るだろ？」

「それはそうですが……そんなことをしなくても、ハルトさんはこの王都の英雄なのですよ？　給料が低くてもハルトさんのもとで働きたい人はたくさんいますよ！」

え、そうなの？　でもなぁ、今更給料を下げるなんてなぁ……

ま、いいや。ここでケチるくらいなら、度量の広さをアピールした方がよさそうだ。

「うーん、でも結構大変な仕事だと思うから、給料はそんなものでいいよ。その分実力の件もよろしくな」

「……ハルトさんがそう言うなら分かりました。一週間後に結果をお伝えしますので、いらしてください」

俺はクレアの言葉に頷いて、ギルドを後にした。

屋台で昼飯を買って屋敷に戻ると、フィーネたちが駆け寄ってくる。

「どうでしたか⁉」

「そんなすぐに見つかるわけじゃないって、とりあえず依頼はしてきたよ」

俺はそう前置きして、どんな条件を出してきたのか説明する。

「三人って、流石に少ないんじゃない？」

「Cランク以上⁉　私よりランクが上の人が来るかもしれないんですか⁉」

「三十五万ゴールドは高いですよ！　私なんて二十三万ゴールドですよ⁉」

三人とも、それぞれ驚きの声を上げる。ちなみにアイリス、フィーネ、アーシャの順だ。

「陛下にお願いしたら昇給しないでしょうか……」

なんだか悲壮感(ひそうかん)を漂(ただよ)わせるアーシャに、なんと声をかけようか迷(まよ)う。そもそもアーシャは俺の屋敷で仕事するんだし、俺が給料を出してもいい気がするんだけど、ややこしくならないかな？

そんなことを考えた俺は、無難(ぶなん)なことしか言えなかった。

「……上がるといいな」

「ハルトさんも一緒にお願いに行ってくださいよ⁉」

やべ、余計なこと言ったかも。

必死なアーシャを「分かった分かった」と宥める俺を、アイリスとフィーネが仕方なさそうに見てくるのがつらい。

「と、とりあえず、家具とか寝具とか食材とか、必要そうなものを見に行くか。実際に買うのは明日以降でもいいけど、今日のうちにいろいろ見よう」

俺の言葉に三人が頷いてくれたので、その日は夕方まで店を見て回り、俺とフィーネは宿に、アイリスとアーシャは王城に戻ったのだった。

第12話　新しい使用人

募集をかけた翌日には、最低限の家具を買い揃え、屋敷で生活を始めた。

同時に、新月亭の部屋も出ていくことになった。ジェインさんとソフィアさんは名残惜しそうにしていたが、別に今生の別れというわけではない。ギルドに行ったついでに立ち寄ることだってできるのだ。

それを伝えると二人とも、「確かにそうだ」と笑顔で送り出してくれた。

もちろん、マグロも屋敷へ連れていく。とはいえ厩舎がないので、基本的には亜空間にいてもらうことにした。馬車の方は収納しておけばいいかな。

生活には余裕があるのでギルドの依頼を受けることもなく、屋敷の中をゆっくり整えるうちに、あっという間に一週間が経った。

というわけで、俺は一人、ギルドへ赴いていた。

「クレア、募集の状況はどうだ？」

「あ、ハルトさん！　実は、応募人数が百人を超えたんですよ！　王都だけじゃ集まらないと思って近くの都市のギルドでも募集をかけたんですけど、ハルトさんがＥＸランクになった情報も一緒に広がっていたので、凄い評判になったらしくて！」

クレアは酷く興奮した様子だ。

「期限の関係で、集まったのは主にこのペルディス王国内の人間ですが……しっかり三人、試験をして選んでおきました」

「試験ってどんなのをやったんだ？」

「えーっと、礼儀作法、掃除、読み書き、戦闘の四項目です」

なんか思ったよりも本格的な試験だな。

「け、けっこうやること多いな……それで結果は？」

「はい。しっかり三名を選びましたよ。一人は男性、全ての項目でトップだった方です。残り二名は女性で、その男性を除(のぞ)いて総合点が上位だった二名ですね」

男の方、全項目トップって凄いな……どんな奴なんだろうな。

気になるけど、後で顔を合わせるからその時に話をしてみよう。

「ありがとうクレア。それじゃあその三人には、今日の午後から屋敷に来るよう伝えておいてくれ。そのままウチに住んでもらうことになるから、そのつもりでな」

「分かりました。三人とも王都に在住なので、おそらく問題ないと思います」

「よかった、それじゃあ頼むよ」

どんな人が来るのか楽しみだな。


屋敷に戻った俺は、フィーネたちに午後から使用人が来ることを伝え、迎え入れる準備をした。

そして昼食を終えた頃、玄関のノッカーが鳴った。

「来たみたいだな。アーシャ、頼めるか？」

「分かりました。それでは客間にお連れしますね」

俺とフィーネ、アイリスは客間に移動し、アーシャたちを待つ。

それからすぐに、客間の扉がノックされた。

「ハルトさん、お連れしました」

「入ってくれ」

扉が開きアイリスに続いて客間に入ってきたのは、六十代後半らしき白髪のダンディーな男性が一人と、それぞれ赤色と水色の髪の二十代前半くらいの女性二名。

ん？　あのおっちゃん、王様のところのゼバスチャンに似ているような……

そう思っていると、隣に座っていたアイリスが驚いた表情で立ち上がった。

「セバスチャンじゃない！　なんでここにいるの⁉」

「知っているのかアイリス？」

「ええ。セバスチャン……セバスは昔、パパの執事だったのよ。数年前に、年の離れた弟のゼバスチャンに引き継いで引退したんだけど」

なるほど、元国王専属執事か。なんかすごい人が来たな。

感心していると、セバスチャンが頭を下げた。

「アイリス様、ご無沙汰（ぶさた）しております……ハルト様、今アイリス様よりご紹介いただきました、セバスチャンと申します。セバスとお呼びくださいませ」

「ああ、よろしく頼むよ、セバス……そっちの二人は？」

俺はそう言って、セバスの隣に立つ女性二人を見る。

「はじめましてハルト様。ライラと申します」

「ミアと申します」

赤毛のセミロングヘアがライラで、水色のショートヘアがミアか。

「ああ、よろしく」

「よろしくお願いしますね」

「よろしく」

俺に続いて、フィーネとアイリスと挨拶を交わす。

……そういえば、試験の内容に戦闘もあったよな。

応募要項でCランクの冒険者以上の実力って言ったし、最低限それくらいは戦えるんだろうけど、この二人が成績上位二名ってちょっと信じられないな。

悪いと思いつつも、俺は神眼(ゴッドアイ)を発動して二人のステータスを鑑定する。

名　前：ライラ
レベル：53
年　齢：24
種　族：人間
スキル：火魔法Lv4　槍術Lv4　投擲術(とうてきじゅつ)Lv3　格闘術Lv3　暗殺術Lv3　気配遮断
礼儀作法Lv6　料理Lv4
称号　：戦闘メイド、暗殺者、這(は)い寄(よ)る者、陰に潜(ひそ)む者

名前　：ミア
レベル：58
年齢　：25
種族　：人間
スキル：水魔法Lv5　槍術Lv5　投擲術Lv4　格闘術Lv4　暗殺術Lv5　気配遮断
礼儀作法Lv7　料理Lv5
称号　：戦闘メイド、暗殺者、這い寄る者、陰に潜む者

いや、めっちゃ強くない？

レベル上げしたフィーネほどじゃないけど、メイドってことを考えたら完全に過剰戦力だ。

戦闘メイドって意味分からないし、そもそも暗殺者って称号付いちゃってるしなぁ。這い寄る者とか陰に潜む者とかも、けっこう物騒だし。

もしかして、誰かを暗殺するために応募してきたのか？　ちょっと探るついでに釘刺しといたほうがいいかな。

「実は俺、他人のステータスを確認できる能力を持ってるんだけど……二人とも、かなり強いんだな」

俺の言葉に、ライラとミアは肩をビクッと震わせる。

「ハルト、二人のステータスがどうしたの？」

アイリスがそう尋ねてきたので、俺はどう答えるか考える。

二人が暗殺者の称号を持っていることを教えてもいいけど、そうなるともし暗殺のために来たわけじゃなかったとしても、アイリスの身分を考えれば反対されて採用取り消しになるよな。せっかくの上位合格者だし、それはもったいない。

よし、ここは黙っておくことにしよう。ただ、圧をかけるのは忘れずに……

「いや、二人が思ってたより強かったからさ。流石に俺とかフィーネほどじゃないけど」

こう言っとけば、俺とフィーネに手出ししてくることはないだろう。アイリスについても、俺が気を張っていればよさそうだしな。

さて、せっかくだからセバスのステータスも確認しとくかな。

名前　：セバスチャン
レベル：98
年齢　：66
種族　：人間
ユニークスキル：グラビティ

スキル：礼儀作法Lv8　剣術Lv7　格闘術Lv6　雷魔法Lv6　身体強化Lv7
投擲術Lv7
気配察知　縮地Lv5
称号　：重力の破壊者（グラビティデストロイ）、パーフェクト執事、戦闘執事、元Sランク冒険者、
元国王専属執事

セ、セバス強えぇぇぇぇぇぇぇッ！
元Sランク冒険者ってマジか。引退して執事になったのかな？

あと、ユニークスキルも持ってるな。どうやら半径二十メトル圏内（けんない）の重力を自在に操れるらしい。

「セバスも強いな。元Sランク冒険者なんだな」

「恐縮（きょうしゅく）でございます」

「「「え!?」」」

フィーネ、ライラ、ミアが驚きの声を上げた。流石にアイリスは知っていたらしい。

そのアイリスが、セバスに尋ねる。

「ねぇセバス、さっきの『なんでここにいるの』って質問に答えてもらってないんだけど？　あなた、引退したでしょう？」

確かにアイリスの言う通り、引退したというのならなぜここにいるのか気になるな。もしかして、前の主であるディランさんから何か言われているんじゃ……

「それは陛――ゴホン。隠居して暇をしておりましたところ、今回の募集を見つけまして」

「そうなのね！　これからよろしくねセバス♪」

おい、今陛下って言いそうになってただろ！　やっぱり命令じゃねーか……

アイリスもちょっとは疑えよ。

フィーネどころかアーシャも笑顔が引き攣ってるってのにな。

「はい、アイリス様。ハルト様にフィーネ様、アーシャもこれからよろしくお願いします」

セバスがしれっとそう言って頭を下げ、ライラとミアもそれに続く。

「ああ。よろしく頼むよ……それで三人に頼みたい仕事なんだけど。アーシャと協力して な、掃除や食事の用意なんかの家事全般と、俺たちがいない間の屋敷の警備や管理をお願いしたいと思ってるんだ」

俺の言葉に、三人とも少し考え込む。

そしてセバスが口を開いた。

「恐縮ながら、四人では少し人手不足かと……せめてもう一人くらいは欲しいところですが」

「ああ、やっぱりそうなのか？」

　アイリスもそんなこと言ってたな……

「ただ、折角クレアたちに三人を選んでもらったのに、また一人選んでもらうのも申し訳ないんだよな。だったら最初っから四人って言っとけよ感がある気がする」

「クレアさんはあまり気になさらない気がしますけど……そうだ、奴隷とかはいかがですか？」

「奴隷？」

　ライラの言葉に、俺は思わず眉を顰める。

　そうか、この世界には奴隷がいるんだったな……あまり気に留めない……というか、意識しないようにしていたから忘れていた。

　日本人の感覚としては、奴隷ってのはなんとなく嫌なんだけどな……

　うーん、でも漫画とかじゃ、可哀想な境遇で奴隷にされてるのを助けるみたいな展開もあるし、そういう奴隷を選べばいいのかな。

　俺が難しい顔で考え込んでいるのを見て、フィーネが気遣うように声をかけてくれる。

「ハルトさん、大丈夫ですか？」

「……ああ、大丈夫だ。そうだな、ライラの言う通り、奴隷を買うことにするか」

俺の言葉に、セバスが頷く。

「そうですね。家事が得意な者がいればそれでいいですし、いなければ教育すればいいだけですから……アーシャが」

「えっ、私ですか⁉」

アーシャが絶望的な表情をする。

「当然です。私とライラ、ミアは戦えるので警備に就けますが、あなたはそうでないでしょう？　その分は教育係をしなさい」

「うぅ……そのことを言われると何も言えません……」

アーシャは諦めたように肩を落とす。

俺はそんなアーシャを横目で見ながらライラとミアに聞く。

「他の条件はあるか？」

「そうですね。教育するのであれば若い方がいいことと、あとは罪を犯して奴隷になった者でなければいいかと思います」

ミアの言葉に俺は頷く。

「分かった、それじゃあこれから買ってくるかな」

俺がそう言うと、セバスが引き留める。

「お待ちください。それなら私どもが買いに行きましょう。ハルト様にそんなお手間をかけさせるわけには……」

「いや、俺はステータスを確認できるって言っただろ？　実際に自分で見てから買いたいんだ」

「……かしこまりました。それでは、ブビィという者が経営しております奴隷商に行ってみてください。地図を今お書きしますので」

セバスはそう言って、ささっと地図を描（えが）いてくれた。

「こちらです。私の名前を出せば、店主が応対してくれるはずです」

「ありがとう。分かったよ」

俺は地図を受け取って、一人奴隷商へと向かうのだった。

第13話　はじめての奴隷

紹介してもらった奴隷商があるのは、貴族街を出て少ししたところを裏路地（うらろじ）に入った地区だった。

どうやら奴隷商がいくつか並んでいるエリアのようだ。意外と貴族街に近いのは、購入するのが貴族ばかりだからだろうな。

「……ここがそうか」

セバスの地図に書かれていた建物の前に立つ。

なんか、周囲よりも一回りくらいデカいな。

そんなことを思いつつ扉を開けると、さっそく店員が声をかけてきた。

「いらっしゃいませ。本日はお買い物でしょうか？」

「ああ……すまないが店主のブビィはいるか？　セバスチャンの紹介で来たんだ」

「私をお呼びでしょうか？　セバス殿の紹介と聞こえたのですが」

俺の言葉に答えたのは、店の奥から出てきた小太りの男だった。

「代表！」

代表？　ってことはあの男がブビィか。

「下がってよいぞ。セバス殿の紹介なら私が対応するからな」

「分かりました」

店員は素直に下がっていく。

「さて、セバス殿の紹介とのことですが……おや、あなた様はもしや、ＥＸランクのハルト様では？」

「なんだ、俺のことを知ってるのか。セバスは今日から俺の屋敷で働くことになってな」

「当然です、王都の英雄のお顔を存じ上げないわけがありません！　……ああ、申し遅れました。私はこの奴隷商の代表をしております、ブビィと申します。よろしくお願いいたします」

ブビィはそう言って、深々と頭を下げた。

「よろしく頼むよ。それでさっそくだが、この店にいる全ての女性の奴隷を見せてくれないか?」

「かしこまりました。それでは奥のお部屋へご案内いたします」

部屋に移動したところで、ブビィが改めて口を開く。

「それではこちらでお待ちください。数名ずつお連れしますね」

「あ、そうだ。できるだけ若いやつを頼むよ」

ブビィは俺の言葉に頷いて、部屋を出ていった。

おそらく一番ランクの高い応接間なのだろう、置かれている調度品はそれなりに高級そうだ。

部屋を見回しながら時間を潰していると、ブビィが五人の奴隷を連れて戻ってきた。

連れてこられた奴隷は、イメージしていたようなボロボロの服にやせ細った身体……というわけではなく、普通に街中で見かけるような格好で、それなりに肉付きがよく、健康的に見えた。

そのことを遠回しに伝えると、「当店は貴族様向けですので」と返ってくる。

なるほど、そりゃ貴族にボロボロな奴隷は勧められないよな。

今回連れてこられたのは、大体十歳から二十歳くらいだろうか。

水晶で確認したステータスと、本人あるいは仲介の業者から聞いたという奴隷のプロフィールをブビィが話しているのを聞きながら、奴隷たちのステータスを確認してみる。

だが、それなりに家事ができても、最低限の戦闘もできなさそうな者ばかりだった。

それから何回か、新しい奴隷をブビィが連れてきてくれたが、どうにもピンとこなかった。

一通り紹介が終わったところで、ブビィが聞きにくそうに口を開いた。

「――先ほどの者で以上になるのですが、いかがでしたか？」

「他にはいないのか？」

「いえ。いるにはいますが……」

言い淀むブビィだったが、先を促す。

「いいから言ってくれ」

「状態と欠損が酷いんです。正直、セバス殿の紹介であるハルト様にお見せするのは……」

なるほど、そういうことか。だが俺ならばどんな怪我でも治せるし、とりあえず見てみることにするかな。

「いや、見てみよう」

「ですが……」

「構わないから見せてくれ」

ブビィは渋々頷いて、店のさらに奥へ案内してくれた。

途中は奴隷たちが普段過ごすエリアになっているようで、ブビィが解説してくれる。

「基本的には四、五人で一部屋としています。それぞれの部屋にベッドとトイレは完備、食事は一日三回で、体を拭くための布なども週に数回、支給しています。先ほども申し上げましたがこの店は貴族様向けですので、一般人か、それ以上の生活水準を保つようにしているのです」

へー、イメージしてた奴隷商とは、かけ離れてるんだな。

歩くことしばし、奴隷たちが普段過ごすエリアを抜け、俺たちは一番奥の部屋に辿り着いた。

「この先です」

そう言ってブビィが扉を開く。

その瞬間、俺は言葉を失ってしまった。

「――この部屋にいるのは、うちの商会では買い手がつかない、欠損がある者たちです。かといってこういった者でも扱うような商会に彼らを移せば、酷い目に遭うのは分かりきっていますから、うちで預かっているんです。とはいえ、売れないとなると商会の儲けにならないため、それぞれができる仕事を与え、それに見合った生活を送ってもらっています。流石に表の奴隷と同じ生活水準というのは難しいので……もちろん、本人が希望すれば別の商会に移ってもらうこともありますが」

この部屋にいるのは十人ほどで、腕や足が片方なかったり、大きな傷があったりする者ばかりだった。

なるほど、半分は慈善事業みたいなものなのかな？

俺はステータスを確認しながら奴隷たちを確認していったのだが、ふと、あることに気付いた。

「ん？　奥にももう一つ部屋があるんだな」

「……はい、左様です。あちらはここにいる者よりも欠損が酷く……」

ブビィはそう言いながら、その扉を開く。

「ここにいる者は、私が見つけた時に既にこの状態でした。どこか扱いの酷い商会で悲惨な最期を遂げるのであれば、せめてここで安らかに過ごしてもらおうと思い、引き取ったんです……本当は、この部屋にもう数人いたのですが、ちょうど数日前に亡くなってしまいました」

そこにいたのは、十六、七歳くらいの少女だった。

耳を切り落とされて右腕が無く、左目は潰れていて、喉にも包帯が巻いてあった。まだ無事な右の瞳は綺麗な翡翠色だが、光を失っているように見える。さらに非常に痩せていて、食事をとっていないことが窺えた。彼女の目の前には食事が置いてあるのに、手を付けた様子はない。

俺は彼女のステータスを確認してみた。

名前　：エフィル
レベル：43
年齢　：128
種族　：エルフ
スキル：弓術Lv３　精霊魔法Lv４　風魔法Lv４　回復魔法Lv３　社交術Lv４
礼儀作法Lv４
称号　：エルフの姫　精霊使い

精霊魔法？　初めて見たな、ちょっと確認してみるか。

〈精霊魔法〉
精霊の力を借りて発動する、強力な魔法。

精霊はエルフにしか見えず、また精霊もエルフにしか力を貸さない。強力な反面、その場にいる精霊の力しか借りられないため、使い勝手がいいとは言えない。

へぇ、精霊なんてのもいるのか。俺には見えないみたいだけど。

……ってか、エルフの姫⁉

「ブビィ、この子の詳細は分かるか？」

「いえ、水晶でステータスを確認するのを酷く嫌っておりまして。仲介の者に尋ねたのですが、その者の手に渡った時には喉が潰れていて、何も聞けていないと……さらには売り手も何も知らなかったようで……」

なるほど。耳が落とされているからエルフってことも分からなかったのか。どうもきな臭い気がするが……

「分かった。この子を買うよ」

「……よろしいのですか？」

ブビィは目を丸くする。まさか俺が興味を持つとは思わなかったのだろう。

「ああ、ちょっと確認したいことがある。治療(ちりょう)の伝手(つて)もあるしな。それで、いくらだ？」

「そうですね。決して雑に扱わないとお約束いただけるのでしたら、特別に五万ゴールドでお譲りします」

「流石に安くないか？」

「いえ。ここに置いていてもおそらく回復はできないでしょう。それでしたらハルト様にお譲りした方が、その者のためです。しかし、商売ですからタダというわけにもいきませんので……」

それにしたって、人ひとりの命と思うと安すぎる気もするが……この世界の命の価値観はそんなものなのか。

「なるほどな。じゃあこれで」

俺はそう言って、ブビィの手に金貨――十万ゴールドを握らせる。

「多いようですが？」

「ああ、気持ちだ。この後契約を結ぶのなら、その手数料も必要だろうからな」

「……それではありがたく受け取らせていただきますね。では契約を進めますので、先程の部屋でお待ちください。この者は係の者が運びます」

ブビィがそう言うが、俺は首を横に振る。

「いや、俺が運ぶよ」

「で、ですが……」

俺はブビィの言葉を無視して、少女――エフィルを抱え上げる。エフィルは動く気力もないのか、ちらりと俺に視線を向けるだけだった。

そして俺はブビィと一緒に、先程の部屋へ戻った。

「――さて、ハルト様。契約についてですが、首輪と奴隷紋、どちらをつけることにいたしましょうか」

部屋に入り、俺がエフィルを下ろしたところでブビィが尋ねてくる。

「何か違うのか？」

「そうですね。効力が変わるといったことはないのですが、首輪をつけていると奴隷であることが分かりやすくなりますね。奴隷紋は背中に刻むので、一見奴隷と分かりません」

「なら奴隷紋にしてくれ」

「分かりました」

そうだ、あと一つ確認しておきたかったんだ。

「奴隷って解放できるのか？」

「おや、するのですか？」

「気になっただけだ」

「そうですか。解放は主の意思次第ですね。そもそも奴隷の扱いも様々で、無給の者もいれば、給料をもらって、その給料で自らを買い上げる者、あるいは給料を貰いつつも、奴隷という立場のまま過ごす者もいます。奴隷術を使える術者がいれば、いつでも解放可能です。普通は購入した店舗で解放することが多いですね。ちなみに、犯罪奴隷を解放するのは国の許可がいりますのでご注意ください」

なるほどなぁ。エフィルの事情次第では、すぐに解放する可能性もあるかもな。

「質問が以上でしたら、奴隷術を扱える者を連れてきます」

そう言ってブビィは一人の男性を連れてきた。

「これからこの者が奴隷術で奴隷紋を刻みます。奴隷の背中をお出しください」

背中を出しやすい構造の服だったので、エフィルに背中を出させる。

そして、男がエフィルの背中に手をかざしながら呪文を唱えると、奴隷紋が刻まれていった。

その様子を観察していると、俺の頭に例の無機質な声が鳴り響く。

《スキル〈奴隷術〉を獲得しました。スキルレベルが10となり〈魔法統合〉へと統合されます》

……う～ん、使えるような使えないような。新しい奴隷を作ることはないだろうけど、エフィルを解放することになったら役立つのかな？

そう思っていると、ブビィに声をかけられた。

「それではハルト様。血を少々いただけますか？　契約に必要でして……」

「ああ、分かった」

「背中に垂らしていただければ」

指示に従って、ブビィから借りたナイフで指先を切り、エフィルの背中に描かれている紋様（もんよう）の上に血を垂らす。

「くっ……！」

エフィルが苦痛の声を漏らしたので、頭を優しく撫でてやった。

「もう少しで終わるから我慢してくれ」

そうして契約が終了すると、エフィルの背中には赤い奴隷紋が刻まれていた。

俺が服を元に戻すのを見届けて、ブビィが頭を下げてきた。

「これにて終了でございます。お屋敷まで馬車を出しますか？」

「あー、そうだな。悪いが頼めるか？」

「いえいえ、とんでもございません。それでは手配いたしますね。セバス殿にくれぐれもよろしくお伝えください」

「ああ、世話になったな」

ブビィに用意してもらった馬車で屋敷まで送ってもらった俺は、玄関の扉の前で声を張り上げる。

「誰か開けてくれー。手が塞がって開けられないんだ」

するとすぐに、セバスが開けてくれた。

セバスの後ろには、フィーネたちも全員いる。どうやら奴隷に興味津々みたいだ。

「おかえりなさいませ、奴隷の方はいかがでしたか……おや、その者は？」

俺が抱えているエフィルを見て、セバスが代表で尋ねてきた。

「これが今日買った奴隷だ。見ての通り欠損が激しく衰弱しきっている。ベッドはあるか？」

「そうでしたか。それでは二階の空き部屋がよろしいかと」

そう言ってセバスは、ライラとミアに身体を拭くものと軽食を用意するよう指示を出し、俺たちを案内してくれる。

俺はエフィルをゆっくりとベッドに寝かせると、ライラたちが部屋に揃ったのを見計らって問いかけた。

「俺の声が聞こえるか？」

弱々しくだがしっかりと頷いたのを見て、俺は言葉を続ける。

「よし。いいか？　これから、お前を治す」

俺の言葉に、エフィルが右目を見開く。

そして俺の後ろでも、セバスが驚いたような声を上げた。

「この状態を治せるのですか？」

「なに言ってるのよセバス。ハルトは万能よ！」

なぜかアイリスが得意げに答える。ってか万能ってなんだよ……

俺は振り返ってセバスに頷いてから、エフィルに回復魔法をかけた。

「少しまぶしいだろうから目を閉じていてくれ——パーフェクトヒール！」

俺の言葉と共に、淡い光がエフィルを包み込む。

ライラとミア、そしてセバスが俺の背後で息を呑んだのが分かった。

それもそうだろう、パーフェクトヒールは古代級魔法、魔法を極めた者にしか使えない魔法だ。

しかしそのパーフェクトヒールでも、エフィルの欠損は治らない。

「ダメか……？　それなら——」

回復魔法は文字通り、ケガや状態の異常を元通り、つまりは正常な状態に回復する魔法だ。その最上級の魔法なら欠損も治ると思ったのだが、そこまでの力はなかったらしい。

そこで俺は、回復魔法と時空魔法をかけ合わせ、オリジナルの魔法を作り上げる。

「——リバイブ！」

時間を巻き戻し、あらゆるケガや状態異常をなかったことにする魔法、それが『リバイブ』だ。

先ほどよりも強い光がエフィルを包み込んだ。

その光は、エフィルの欠損した部位に集まり、本来の体の形を作っていく。

そして数十秒後に光が収まると、欠損していた部位はすっかり元通りになっていた。

そこにいたのは、腰まで伸びる艶のある金色の髪に透き通った白い肌の、容姿端麗な少女だった。今は寝転がっているから分かりにくいが、身長は百六十センチくらいだろうか。

「なっ、こんな魔法があるなんて……まさか失われた神代級の魔法では……」

セバスがそう漏らしているが、俺の意識はエフィルの顔に奪われていた。

可愛いというのもそうなんだが、耳が尖っている。

いや、ステータスを確認したからエルフってのは分かってたんだけど、実際にこうして目の前にするとファンタジー感がすごいな……

俺はいまだに目を閉じているエフィルに声をかける。

「終わったぞ、どうだ？　起き上がれるか？」

エフィルは恐る恐るといった様子で目を開き、起き上がる。

そして欠損していたはずの左目を手で覆い、さらに右腕を見て息を呑む。

すかさずライラが手鏡を渡すと、エフィルはその鏡を覗き込んだ。

「治って、る……こ、声も……う、うぅ、ひっく、う、うわぁぁぁぁん！」

エフィルはそのまま、涙をボロボロ流しながら大きな声で泣き続けたのだった。

そのままエフィルが寝てしまったので、ライラを部屋に置いて俺たちは退出する。

「ミア、彼女の着替えを買ってきてくれないか。サイズは分かるだろう?」

「かしこまりました、行ってまいりますね。戻ったらライラと交替すればよろしいでしょうか」

「ああ。起きたら呼んでくれ」

そう言って金を渡すと、ミアは頷いて買い出しに出かけた。

俺たちは俺たちで、リビングへと移動する。

セバスとアーシャにお茶を淹れてもらい、俺はフィーネとアイリスにエフィルの事情を話すことにした。

「——というわけで、まともな……って言うと語弊があるが、普通の奴隷にいまいちピンと来なくて、店の奥の、ブビィの店で紹介できないような奴隷を見せてもらったんだ」

「あの者は、奴隷商をしていますが根は善良ですからね。ああいった境遇にある者を放っておけないのです」

俺がアイリスたちにざっと経緯を説明していると、お茶を持ったセバスがそう言いながら戻ってきた。

「ああ、そうみたいだな……それで、店の一番奥でさっきの子……エフィルを見つけたんだ」

「彼女はエフィルさん、というのですね」

「エルフなんて久々に見たわよ。ここに来た時は耳を切り落とされていたから、そのブビィって奴隷商も気付かなかったのね」

「でも水晶で確認できるのでは？」

フィーネ、アイリス、アーシャが口々に言うので、俺はアーシャの疑問に答える。

「いや、ステータスを見られるのを嫌っていたらしいから、ブビィは本当に何も知らなかったみたいだな」

「ステータスを見られるのを嫌う、ですか……よほどの理由があるのでしょうか」

俺は顎に手を当てて考え込むセバスに頷く。

「ああ。実はステータスを確認した時に、もしかしたらそのことに関係するかもしれない、珍しい称号を見つけたんだ」

「珍しい称号ですか？　……そもそもエルフであることがバレたくなかったとかでしょうか」

フィーネの答えに、俺は首を横に振る。

「それもあるとは思うが、ちょっと違うな」

「だったら犯罪系の称号がついてるとか？　それがバレたら捕まるみたいな」

「いや、アイリス。それも違うな」

するとセバスが控えめな笑みを浮かべながら回答する。

「それでは暗殺者、とかでしょうか」

「いや、それはもうお腹いっぱいだよ……」

ってかライラとミアが暗殺者だってこと、絶対知ってるだろコイツ。

「お腹いっぱい？　何のこと？」

「なんでもない、気にするな」

アイリスが興味を持ったようなのではぐらかしておく。

そして最後に、アーシャがおずおずと手を上げた。

「お姫様、とかですかね？　でも姫様が奴隷になんてなるわけないですよね……」

「……」

俺のその沈黙が結論だった。

「「「えええぇぇぇぇ⁉」」」

フィーネ、アイリス、アーシャが驚きのあまり叫ぶ。流石にセバスは叫んではいないが、それでも驚いた表情を浮かべていた。

「ちょ、ちょっと。なんで姫が奴隷になってるのよ！」

「俺だって知らないよ。むしろそのことを聞こうと思って、エフィルを買うことにしたんだから」

動揺するアイリスに、俺は首を横に振る。

それから皆でなぜエフィルが奴隷になったか議論するうちに、ミアが帰ってきたので同じ説明をしておく。もちろん、ライラにも話しておいた。

といっても、本人に聞かないことには答えは出ない。

有力な推論も出ないままあれやこれやと話すうちに、外は真っ暗になっていた。

そろそろ夕食の時間かと思ったところで、エフィルの様子を見ていたミアが俺たちを呼びに来た。

「ご主人様、エフィルさんが少し前に目を覚ましました」

お、意外と早く目覚めたな。

俺はアイリスたちに目配せをして、エフィルを寝かせている部屋へ向かった。

扉を開けると、ミアが買ってきた服に身を包んだエフィルが神妙な面持ちで立っていた。

そして彼女は俺の顔を見ると、両膝を突いて深々と頭を下げてきた。

「ご主人様、この度は本当にありがとうございました。ご主人様は私の命の恩人です」

少々オーバーなアクションに内心では引きつつ、何でもないように答える。

「いや、礼はいらないよ。ちゃんと起き上がれるようになって安心した……俺は冒険者のハルトだ。よろしくな」

「はい、よろしくお願いいたします。私はエフィルと申します」

そう言ってエフィルは顔を上げ、立ち上がった。

「ああ。別に無理して敬語を使わなくていいからな。それで、いくつか確認したいことがあるんだがいいか？」

俺の言葉に、エフィルは不思議そうにしながら頷く。

「そうだな、まず先に言っておきたいんだが……俺は他人のステータスを見ることができる。言いたいことは分かるな？」

「っ⁉」

エフィルは一瞬で、警戒したように身構える。

彼女の翡翠色の瞳には、警戒と困惑の色が浮かんでいた。

「お前が奴隷商でも鑑定を受けたがらなかったことは知っているが、どうしても確認する必要があったんだ。許してくれ」

そう言って俺が頭を下げると、エフィルの瞳から警戒の色が僅かに薄れる。

「ここにいる皆にも、エフィルの正体を話させてもらった。お前に悪感情を持っている者はいないから安心しろ……それで、どうして奴隷になったのか、聞かせてもらえるか？

もちろん無理はしなくていいから」

俺がそう言うと、エフィルは力なく首を横に振った。

「……いえ、話します。命の恩人に誤魔化すことなどできませんから」

そしてエフィルは大きく深呼吸すると、自分の身に何が起こったのかを話し始めた。

第14話　エフィルの過去とハルトの真実

エフィルが晴人に買われる一年ほど前のこと。

エフィルは、ペルディス王国とグリセント王国の国境沿いにあるトニティア樹海に存在する、エルフの隠れ里にいた。

そもそもエルフは、一つの大きな国と土地を持っているわけではない。世界各所にいくつか隠れ里があり、各集落は独立している。

その中で、最も規模が大きいのがエフィルの住む集落だった。

そのためか、特別な権力を持つわけではないが、この集落の長は全エルフの代表、人間の国家で言うところの王に近い立ち位置にあり、エフィルはその一人娘だった。

そんな彼女たちが暮らす平和な集落に、ある日事件が起こる。

人間の国家の軍が、集落に向かっているという報告が上がったのだ。

「バカな！　エルフの隠れ里は人間を惑わす霧で囲まれている！　エルフしか里の場所を

知らないし、霧を抜けることもできないはずだ‼」

報告を受けて声を荒らげたのは、集落の長にしてエフィルの父であるエルバ。

その隣では、エフィルの母であるエルシャが不安の表情を浮かべ、エフィルも恐怖に顔をこわばらせていた。

しかし報告した青年のエルフは、力なく首を横に振る。

「いえ。人間の軍は既に霧に入っているにもかかわらず、まっすぐにこの集落に向かっているそうです……考えたくはありませんが、『外』にいた同胞が、何らかの手段で情報を吐かされた可能性が高いかと」

青年の言葉に、エルバは渋い顔をする。

本来であれば、エルフの里が人間に見つかることはありえない。

それは人間が立ち入らない場所に里を構えていることに加え、周囲には立ち入ったエルフ以外の者を惑わせる、強力な魔法の霧が立ち込めているためだ。

エルフという種族は男女問わず美しく、彼らを奴隷にしようとする人間や国家はいつの時代も一定数いる。

そのため、里を出るには相応の実力が必要という厳しい掟があり、実際に里の外にいる者は、冒険者で言うならばBランク、あるいはそれ以上の実力の持ち主ばかりだった。

エルバは現在里を出ている面々の顔を思い浮かべながら、歯を食いしばる。

「くっ、今『外』にいる連中との連絡は完全に途絶しているのか？」

「はい。この一か月程は連絡がなかったのですが、たまにそうしたこともあるので気に留めておらず……おそらく相当前に捕まり、時間をかけて情報を吐かされたのでは……」

実際のところ、青年の予想は正しかった。

一か月前、数人のエルフが軍部の急襲を受けて捕縛された。いくら実力者のエルフでも、束になった人間には敵わなかったのだ。

そして彼らは幾度となく拷問を繰り返され、中には情報を吐かないように舌を噛み切って自害した者もいたが、結果的に里の位置と霧の抜け方が漏れてしまった。

「……そうか。とにかく今は、人間の軍を撃退することを考えねばならん。すぐさま皆を集めてくれ」

「はっ！」

青年は頷くと、長の家を飛び出していった。

「……あなた？」

「……お父さん？」

エルシャとエフィルは、不安げにエルバを見つめる。

「大丈夫だ。心配はいらないさ」

エルバはそう言って、二人の頭を撫でてから、里の中央にある広場へ向かう。

続々と集まってくるエルフたちを見渡し、エルバは声を張り上げた。

「皆の者、よく聞いてくれ！　里の結界が破られ、人間の軍がここへ向かっている！　戦える者は戦闘の準備を、そうでない者は、里外れの洞窟に隠れてくれ！」

一瞬、集まったエルフたちに動揺が走ったが、すぐに彼らは拳を振り上げた。

「里を守るぞ！」

「「「おお‼」」」

皆で話し合った結果として、男性陣だけでなく、腕に覚えのある女性陣も戦いに参加することになった。

そして、いくつかある洞窟の一つに長の家族であるエルシャとエフィル、その護衛の数名が隠れることとなり、他の洞窟にはまだ若い女子供が隠れることになった。

数十分後、人間の軍は完全に霧を抜け、里まであと少しというところに迫った。

当然、エルフたちも黙っているわけがなく、弓や魔法を駆使し、霧を抜けた人間たちを倒していく。

しかしその兵力差は圧倒的で、じわじわと追い込められ、ついには里の中で戦闘が始まった。

人間の軍は手当たり次第に里を破壊し、エルフたちは里を守りながら人間を倒そうとする。

兵力の差に加えて、そういった戦法の違いもあり、防戦一方だったエルフたちは、徐々にその数を減らしていった。

「くそっ、このままでは……」

敗戦を悟ったエルバは、エルシャとエフィルを逃がすべく、洞窟へ向かった。

「エルシャ、エフィル。思ったより状況がまずい、早くこの里から逃げるんだ！　戦っている者たちや他の場所に隠れている皆も、隙を見て逃げるように言ってある。さあ、行くんだ！」

洞窟からも里の様子を見ることができたので、劣勢にあることは二人にも分かっていた。

エルシャはエルバが決意の表情を浮かべているのを見て、これが彼と会える最後なのだと理解し、静かに頷く。

しかしエフィルは違った。

「そんなのやだよ！　お父さんも一緒に逃げようよ⁉」

「いや、里の皆が戦っているんだ。長である私が先に逃げるわけにはいかないさ。だからエフィル、お母さんと一緒に逃げてくれ！」

エルバはそう言って、エフィルの翡翠色の瞳を見つめる。

エフィルはあふれる涙を抑えきれず、嗚咽を零しながらもゆっくりと頷いた。

「ありがとう、エフィル、エルシャ。愛している」

「私もよ、愛しているわ」

「うぐっ、うぅ……お父さん……」

三人は強く抱き合って、最後の別れを惜しんだ。

そしてエルバは再び戦場へ赴き、エルシャとエフィルは護衛と共に里を抜け出す。

しかし霧の外は、人間の軍によって完全に包囲されてしまっていた。

護衛のおかげで何とか包囲を抜けたものの、追っ手を差し向けられる。

一人、また一人と護衛が力尽き、ついにはエフィルとエルシャだけになってしまった。

「はぁ、はぁ、お母さん、どうしよう……！」

母と並んで走りながら、エフィルは弱音（よわね）を零す。

「とにかく今は逃げるしかないわ、頑張りま――っ！　エフィル、危ない！」

娘を勇気付けようとしたエルシャだったが、言葉の途中でいきなりエフィルを突き飛ばした。

「きゃっ！　お母さん、どうしたの？　……っ⁉」

エフィルがそう問いかけた瞬間、さっきまで彼女がいた地面に数本の矢が突き刺さった。

二人が振り返ると、そこには人間の兵が十数人。

「エフィル、ここは私が食い止めるから早く逃げなさい！　――エアアロー！」

エルシャは風の矢を放ち、追っ手を足止めしようとする。

「やだよ！　私も——」

「何を言っているの！　エフィルじゃこの数を相手にできないわ！　今のうちに逃げて！」

「でも……」

エフィルが渋って動きを止めたのを、人間の兵は見逃さなかった。

彼女を目がけて、またしても矢が放たれる。

戦いに慣れていないせいもあって、エフィルの足が竦(すく)んでしまう。

そしてそんな彼女を守るために、エルシャの体が動き——

「お母さん！」

エルシャの背中に、矢が突き立った。

エルシャは人間の兵の方に向き直りながら、再びエアアローを放つ。

しかし怪我のせいでうまく魔力を操れず、敵に届く前に霧散してしまった。

そして再び放たれた矢が、エルシャの胸に深く突き刺さる。

エフィルは倒れていくエルシャを両腕で抱えながら、「お母さん！　お母さん！」と、

涙を流して叫んだ。

「エフィル、早く逃げ……なさい、早く。そして……元気で、ね。愛してるわ……」

その言葉を最後に、エルシャの体の力がふっと抜ける。

「うぅ、お、お母さん！　お母さぁぁぁぁぁん‼」

エフィルは母の亡骸（なきがら）を抱きながら、大きな叫び声を上げた。

そして近付いてくる兵たちを、キッと睨みつける。

「来ないで、来ないでよ‼」

その瞬間、エフィルの強い思いが精霊に届いたのか、『精霊魔法』が発動した。

通常の魔法よりはるかに強力な風の刃が、兵に襲いかかる。

奇跡（きせき）的に避けることができた一人を除き、人間の兵たちはほぼ全員が真っ二つになってしまった。

「なっ⁉　クソッ！　ガキが‼」

自分以外が一瞬でやられたことに気付いた生き残りの兵は、怒りのままに剣をふるう。

精霊魔法を使ったことで魔力を使い果たしたエフィルは、振り下ろされた剣を避けることもできなかった。

右腕を切り落とされ、剣の柄で殴られ、蹴（け）られる。

逃げ出す隙を窺って耐えていたエフィルだったが、気が付けば視界が真っ暗になっていた。

「――そうして気付いた時には、奴隷商の馬車にいました。おそらくポーションか何かで傷は塞がれていたのですが、耳も落とされ、喉も潰されて喋（しゃべ）ることもできなかったので、私がエルフだと信じた人はいませんでした」

エフィルは自分が分かる範囲で、エルフの里に何があったのか話してくれた。

「そうか、話してくれてありがとう」

おそらくだが、エルバさんはもう……

「いえ、改めて話すことができて、自分でも少しだけ心を整理できたと思います。この一年、声を発することすらできなかったので……」

エフィルの言葉に、フィーネもアイリスも、沈痛（ちんつう）な面持ちを浮かべる。

「それで、すぐにブビィの店に売られたのか？」

「いえ、いくつかたらいまわしにされました。ただ、生きる気力もなくほとんど食事をとらなかったこともあってどんどん痩せていって、欠損もあるのでどこでも買われずに……あの店に来たのは、大体三か月前です」

「そうか……辛かっただろうが、よく頑張ったな」

そう言うと、エフィルがはにかんだ。か、かわいい……

なんて風にドキドキしていると、アイリスがエフィルに問いかける。

「はじめまして、私はアイリス。このペルディス王国の第一王女よ。一つ聞きたいのだけれど、あなたたちの里を襲った兵の特徴を教えてくれるかしら？」

「はじめまして、アイリス様……そうですね、まず鎧の形は――」

エフィルが挙げていく兵士の特徴を、アイリスは真剣な表情で聞く。

「なるほど、ありがとう」

「どうしたんだ？　何か分かったのか？」

俺がそう尋ねると、アイリスはこくりと頷いた。

「ええ。エルフの里を襲ったのは――グリセント王国の兵士で間違いないわ」

「……グリセント、王国」

もしかしてと思っていたが、やっぱりそうか。

俺を召喚しておきながら追い出して殺そうとしたことといい、本当にロクなことをしない奴らだ……。

「そもそも彼女のいた里は、かの国と我らがペルディス王国の間に存在するトニティア樹海にあるという話です。この国の兵がそのようなことをするはずもございませんし、他国の軍があの森に入ろうとすれば、流石に我が国も気が付きますからな……おや、ハルト様。威圧が漏れてしまっておりますよ？」

セバスに指摘されて、俺はハッとする。

見回すと、セバス以外の全員が、真っ青になっていた。

「すまない皆」

「い、いえ……ですがハルトさん、グリセントと何かあったんですか？　元々グリセントにいたと思うのですが……」

おずおずと、フィーネが聞いてくる。

「……ああ、フィーネと出会ったのはグリセント王国だもんな。まあ、あの国とはちょっといろいろあってな」

「『ちょっと』ってレベルの威圧じゃなかったと思うんだけど……何があったか聞いても大丈夫？」

アイリスが、俺の顔色を窺うように聞いてくる。

「そうだな……お前らにだったら隠さなくてもいいか」

俺はそこで言葉を区切って、皆の顔を見回す。

「俺は――この世界の人間ではないんだ」

「「「「え？」」」」

「この世界の人間じゃない……？　もしかして、最近グリセント王国に勇者が現れたって話があったけど、何か関係があるの？」

フィーネとアーシャ、ライラ、ミア、エフィルが驚いたような声を上げる。セバスも声には出さなかったが目を丸くした後、納得したように頷いていた。

一方でアイリスは、王族として情報が入ってきていたからか、すぐに勇者召喚の件と情報が繋がったみたいだ。

「流石アイリスだな、その通りだよ。俺は勇者として、グリセント王国に召喚されたんだ――」

それから俺は、その時にあった出来事を皆に話した。

称号やギフトを持っていなかったこと、無能だからと追い出されたこと、森で暗殺されかけたこと、神様からスキルを貰って強くなったこと、バッカスさんに出会ったこと、ワークス、そしてヴァーナへと旅をしたこと……

「――というわけで、ヴァーナに辿り着いた俺は、フィーネと出会ったってわけだな」

そこまで話し終えると、皆が神妙な表情になっていた。

「……そんな非道なこと、許されるはずがありません」

フィーネが静かに憤って(いきどお)いたので、俺は頭を撫でる。

「俺のために怒ってくれてありがとな。でも、そのおかげでフィーネや皆と会えたんだ、そう考えると悪くはないだろう？」

そう言って顔を覗き込むと、フィーネは真っ赤になった。

ふと視線を感じたので振り向いたら、アイリスとエフィルが羨ましそうにこっちを見ている。

いや、アイリスは分かるけどエフィルも？

俺はしょうがないなと苦笑しながら、二人の頭を撫でてあげた。

あ、しれっとアーシャが混ざってきた。まあいいんだけどさ。

俺は皆の頭を撫でながら、言葉を続ける。

「あとはそうだな……もし信じられないようだったら、俺のステータスを教えるよ。俺の信頼の証(あかし)と思ってくれ」

俺はそう言って、皆にも見えるようにステータスを表示する。

名前　：結城晴人
レベル：320
年齢　：17
種族　：人間（異世界人）
ユニークスキル：万能創造　神眼(ゴッドアイ)　スキルＭＡＸ成長　取得経験値増大
スキル：武術統合　魔法統合　言語理解　並列思考　思考加速　複製(コピー)　修羅
限界突破

社交術
称号　：異世界人　ユニークスキルの使い手　武を極めし者　魔導を極めし者
超越者
EXランク冒険者　魔王　殲滅者

「な？　種族と称号のところに異世界人ってあるだろ？」

俺はそう言ったが、皆は別のことに驚いているようだった。

「な、何ですか、コレ……レベルが３２０って……」

「それにユニークスキルが、お、多い……」

「そうですね。それに称号も多いです」

「こんなステータス、百年以上生きてきて見たことないです……」

「武術統合に魔法統合って……まさか、所持数が多いから統合されたんですかね？　羨ましいです……」

フィーネ、アイリス、セバス、エフィル、アーシャがそう言った。

特にアーシャの発言に関してはライラとミアも力強く頷いていた。

いや、メイドには大量のスキルなんて必要ないんじゃないか？

そんなことを考えていると、セバスが口を開いた。

「ハルト様、よろしいでしょうか？」

「ん？　どうした？」

「ハルト様はこの先、どうなさるのでしょうか？　グリセント王国に復讐をするのですか？」

あー、やっぱ気になるよな、そこは。

気が付くと、皆同じことを思っていたようで、こちらをじっと見ている。

「そうだな。正直ここ最近は、連中のことも忘れて楽しく過ごしてたし、どうでもよくなってたんだが……エフィルの話を聞いて少し気が変わった。やりすぎなあいつらには、ちゃんと罰を与えないとな」

俺はそう言って、ニヤリと笑みを浮かべる。

「罰……ですか？」

フィーネが恐る恐るそう聞いてきたが、そんなにビビらないでほしい。

「ああ。何をするってまだ決めてないけどな。とりあえずしばらくは、エフィルの体調を整えたり、仕事を覚えてもらったりする必要があるから、ゆっくりと過ごそうかと思ってるよ。じっくり罰を考えながら、な」

俺の言葉に、その場にいた全員が頬を引き攣らせたのだった。

閑話　勇者たちの尋ね人

晴人が追い出されたグリセント王国にある、ペルディス王国に最も近い、国境の町ヴァーナ。

この町に今、晴人のクラスメイトである天堂光司、一ノ宮鈴乃、朝倉夏姫、東雲葵、最上慎弥たち勇者パーティが訪れていた。

彼らは『晴人が死んだらしい』とグリセント王国の王族から聞かされたが、どこかで生きているはずだと考えていた。

そして王都近くの森で出会った商人ガッスルから『ハルト』なる人物の情報を得て、さらなる手がかりを得るためにヴァーナへやってきたのだ。

既に日は落ちているが、天堂たちはハルトと行動を共にしていたという商人、バッカスと会うために彼の商会に向かっている。

「ここに晴人君がいるかもしれない……」

暗くなってきた道を歩きながら、一ノ宮が思い詰めたように呟く。

その声が聞こえた朝倉と東雲が、彼女の肩に手を置いて安心させるように言った。

「大丈夫！　きっと見つかるよ！」

「うん。ガッスルさんが言っていたのは結城に間違いないと思う」

「そうだね。ありがとう二人とも」

親友二人に慰められ、一ノ宮は気持ちを落ち着かせた。

そうして五人は、バッカス商会の前に辿り着く。

すると立派な身なりの五人に気付いた店員が声をかけてきた。

「当商会に何か御用ですか？」

「はい。実はバッカスさんにお会いしたくて……ガッスルさんの紹介状があります」

そう言って天堂が封筒を手渡すと、店員はそれを確認してから、「少々お待ちくださ い」と言って店の中へ戻っていった。

しばらくすると五人は応接間に招かれ、バッカスが不在ということで、ヴァーナ店の店長という男と対面することになった。

「はじめまして、勇者様方。私はバングと申します。手紙に書いてあったハルト様には、ワークスからこのヴァーナまで、大変お世話になりました」

どうやら紹介状には、天堂たちが勇者であることや『ハルト』を探していることが書かれていたらしい。それなら話は早いと、天堂はバングに尋ねた。

「時間をとっていただきありがとうございます。さっそくで申し訳ないのですが、そのハルトという方のお話を聞かせてもらえませんか？」

「もちろんですとも。彼にはワークスを出発してからお世話になりっぱなしで――」

それから一時間ほど、ワークスからヴァーナへの道のりをハルトがいかにして護衛し、活躍したのかを、バングは天堂たちに語った。

災害級の魔物をあっさり倒したことなど、ところどころ信じられない情報もあったが、『ハルト』の容姿や言動は、天堂たちの知る『結城晴人』と驚くほど一致していた。

話が終わり、やはり『ハルト』が探している『晴人』なのだと天堂たちが確信したところで、驚くべき情報がバングから告げられた。

「いやぁ。それにしても、まさかハルト様が世界で唯一のＥＸランク冒険者になるとは……ですが彼の実力なら納得ですな！」

「え？」

「ＥＸランク……ですか？」

天堂と一ノ宮が声を漏らすと、バングは首を傾げた。

「おや、ご存じありませんでしたか？　そのハルト様が、冒険者の最高ランクであったＳを上回る、世界唯一のＥＸランクになったんですよ。つい先週のことです」

「「「「「Ｓランク以上⁉」」」」」

天堂たち五人は、思わず大声を上げてしまった。

「はい。ペルディス王国の王都で活動していたそうですが、大量発生した魔物による王都襲撃を撃退したとかで……流石ハルト様ですね。ちなみに二つ名は『魔王』だそうですよ。『殲滅者』とも呼ばれているみたいですが」

「おいおい結城のやつ、二つ名が『魔王』って……めっちゃ中二病っぽいよな?」

「う、うん。そうだよね。結城君、『魔王』かぁ……」

「私は『殲滅者』もけっこうキテると思う」

最上、朝倉、東雲が口々にそう言うが、天堂と一ノ宮は考え込んでいた。

魔物の大量発生という一大事があったことなど、グリセントの王も、姫であるマリアナにも聞かされていなかった。当然、『ハルト』なる人物がEXランク冒険者となったこともだ。

なぜ教えてもらえなかったのか、天堂と一ノ宮が不信を募らせていると、バングが空気を切り替えるように手を叩いた。

「さて勇者様方、すっかり遅くなってしまいましたので、本日は私どもが手配した宿にお泊まりください。ゆっくり休んでいただき、明日の朝からペルディス王国の王都へ向かわれるのはいかがでしょうか」

「……そうですね、ご厚意に甘えさせてもらいます」

天堂はバングの提案を受け、一ノ宮たちの顔を見回し、頷くのだった。

宿に案内してもらった五人は、天堂の部屋に集まっていた。

「すごいな結城、まさかそんなに強くなってたなんて」

「信じられないけど、いろんな人の話を聞いた感じ、やっぱり結城君としか考えられないもんね」

「うん。『ハルト』は絶対に結城だね。よかったね鈴乃、結城が見つかって」

最上と朝倉が素直に驚く横で、東雲にそう話を振られて、一ノ宮は歯切れ悪く答える。

「う、うん……」

「どうしたの、鈴乃ちゃん？」

その様子を見て、朝倉が首を傾げた。

「うん。その『ハルト』って人の話って、私たちが王都を出発する前の出来事だよね？　なんで私たちに知らされなかったのかなって……」

その言葉に、天堂も頷いた。

「……そうだね、鈴乃の言う通り、なんで教えてもらえなかったのかは疑問だ。マリアナ姫は当初『晴人君が自分で出ていった』と言っていて、僕たちも疑うことなく納得していた。でも、『ハルト』の情報を僕たちに意図的に与えなかったのだとしたら、『自分から出ていった』ってのも信じていいか分からなくなってくる」

そう言って天堂が難しい表情を見せると、最上が「うーん」と唸ってから口を開く。

「でもさ、ハルトって名前が珍しくないのかもしれないし、そもそも情報を入手してなかったのかもしれないだろ？　何にせよ、結城に会って直接聞けばいいじゃねえか」

Sランクになるには——今回はEXランクの新設だったが——各国の王の承認が必要なので、グリセントの王が知らないはずがない。しかしそのことを知らない天堂は、最上の言葉に納得する。

「……それもそうだね。とにかく晴人君に会わないと何も分からないか。それじゃあ今日はゆっくり休んで、明日の朝からペルディス王国の王都を目指そう！」

そんな天堂の言葉で、その場は解散となる。

そして翌朝、天堂たちはバングの厚意で馬を用意してもらい、ペルディス王国王都へと向かうのだった。

第15話　再会

エフィルを買って三日後、俺とフィーネ、アイリス、アーシャはディランさんに会いに王城へ来ていた。

エフィルのことは、真実が判明した日に一応手紙で伝えておいたのだが、詳しくは会った時にと返事があった。

そのため、エフィルの体調が完全に戻るのを待って、報告に来たというわけだ。

ちなみにそのエフィルは現在、屋敷でライラとミアにメイドとしての指導を受けている。

俺たちが客間に入ってすぐに、ディランさんはやってきた。

「ハルト、エルフの姫が奴隷になっていたというのは本当か？」

ディランさんは開口一番（かいこういちばん）、そう尋ねてきた。

「ああ、詳しく説明するよ」

それから俺は、エフィルに聞いた話をそのままディランさんに話す。

「――なるほど、そういうことだったか。あの樹海にエルフの里があることは知っていたが、そもそも交流がないので事件に気付けなかったな……それにしてもグリセントめ。一週間ほど前にいきなり『勇者を召喚したから各国で便宜（べんぎ）をしろ』などと勝手に言っておったし、ますます問題行動が目立つようになってきたな……」

ディランさんがブツブツと零した文句の中に、ふと、気になるワードがあった。

「待ってくれディランさん。勇者だって？」

「ん？　ああ。なにやら一月以上前に勇者召喚していたらしくてな。まったく、勇者の召喚などという重要なことは、国家間での取り決めの上で行わなければならないというのに……それがどうかしたか？」

なるほど、あれは完全にグリセント王国の暴走だったんだな。

押し黙った俺たちに、ディランさんは怪訝な表情を浮かべる。

「うーんそうだな……ディランさんには全部言ってもいいかな」

「ハルトさん、いいんですか？」

そう尋ねてきたフィーネに頷いた俺は、結界魔法を発動し、外に音が漏れないようにする。

「ディランさん。申し訳ないが今、結界魔法を使った。これから話すことはあまり他人に聞かれたくないからな」

「……ああ、構わないさ。重要な話なんだろう？」

俺の真剣な表情を見て察したのか、ディランさんは頷いてくれた。

「ありがとう。それじゃあ、俺と勇者、それからグリセント王国の関係を教えるよ——」

俺はそう前置きして、フィーネたちに教えたのと同じ内容を、ディランさんに伝える。

そうして一通り説明し終えると、ディランさんは深いため息をついた。

「はぁ……まったく、ハルトの強さにはそんな理由があったのか。それにしてもやはり、グリセントは何とかしないといかんな……」

「ディランさん、グリセントのことは俺に任せてくれないか？」

「いや、気持ちは分かるが、流石に国家間のことだからな……少し考えさせてくれ」

まぁ、ディランさんの言うことももっともか。

俺が好き勝手に復讐したら、罪のない国民に迷惑がかかってしまうかもしれないしな。

そんなことを考えていると、扉の前に誰か来た気配があった。

俺が結界魔法を解除するのと同時に、ノックの音が響く。

「お取込みのところ失礼いたします。ゼバスチャンですがよろしいでしょうか？」

「入ってくれ」

ディランさんが促すと、ゼバスチャンが入ってきて頭を下げる。

「陛下、お客様がお見えです」

「客？　今日は特に面会の予定などなかったはずだが……」

「それが、ハルト様に関わることでして」

「俺に？」

ゼバスチャンはこちらに向き直って頷いた。

「はい。そのお客様はハルト様をお探しとのことで、情報を得るために謁見なさりたいそうです」

「ハルトを？　わざわざ私のところに来るとは何者だ？」

ディランさんの疑問に、ゼバスチャンは言葉を続けた。

「それが、勇者を名乗っておりまして……お名前をテンドウ様と仰っておりました」

は？

俺は思わず固まってしまった。

なんで天堂がここに？　それに天堂がいるなら、確実に一ノ宮さんたちもいるよな。

多分EXランクのことを知って、昇格式をやったこの国に来たんだろうけど……

ディランさんやフィーネ、アイリス、アーシャが俺を見ている。

絶対に顔を合わせないように転移で帰るって手もあるけど、天堂たちがここに来た理由次第では会ってもいいんだよな。

そう考えていると、ディランさんが尋ねてきた。

「ハルト、どうする？　私は立場上会わねばならんが、引き合わせるか？」

「……そうだな、せっかくの機会だから、ちょっと顔は見たいかもな。それに探しに来た理由次第じゃ、会ってもいいと思ってる」

「分かった。それじゃあハルトとフィーネ殿で、護衛兵のフリをして謁見の間に控えていてくれないか？　もし直接顔を合わせて問題なさそうだったら、合図をしてくれ」

「ああ、ありがとう」

一つ頷いたディランさんが目配せすると、ゼバスチャンが客間を出ていく。

おそらく勇者たちを謁見の間に案内するのだろう。

　俺たちもすぐに、謁見の間へと移動する。

　俺とフィーネは深くフードを被り、謁見する天堂たちからは顔が見えない位置に立つ。

　玉座に座るディランさんの横には、アイリスも控えていた。アーシャも隅の方で、メイドに混ざって待機していた。

　そして俺たちが準備を整えてすぐに、天堂たちが謁見の間に通された。

　天堂を先頭に、一ノ宮さん、最上、朝倉さん、東雲さんが続く。

　同じ幼馴染グループの折原翔也はいないみたいだけど……何かあったのか？

　五人は玉座の前に並ぶと、片膝を突いて頭を下げた。

「本日は急な訪問にもかかわらず、お時間をいただきありがとうございます」

「うむ、面を上げよ」

　ディランさんの言葉で、顔を上げる天堂たち。

「グリセント王国の勇者たちよ、よくぞ参った。私はこのペルディス王国の国王、ディラン・アークライド・ペルディスである。こちらは娘のアイリスだ」

　アイリスが一礼すると、天堂たちも自己紹介をした。

「私はグリセント王国が勇者、天堂光司と申します」

「一ノ宮鈴乃です」

「最上慎弥です」

「朝倉夏姫です」

「東雲葵です」

「ふむ。グリセント王の言っていた通り、皆まだ若いのだな……して、テンドウ殿よ。今日はどのような用で参ったのだ？」

その質問に、天堂はディランさんをまっすぐに見つめた。

「はい。先日EXランクになった、ハルトという冒険者を探しているのです。この国で昇格式が行われたと聞き、陛下ならば何かご存知ではと思いまして……」

「ふむ、確かにハルト殿はここで昇格式を行ったが……」

「本当ですか！　彼の行方(ゆくえ)について何かご存知ではないですか⁉」

一ノ宮さんが膝を突いたまま、今にもディランさんに駆け寄らんばかりに身を乗り出す。

「陛下、どうか教えてください！」

「頼みます！」

「お願いします！」

「陛下、お願いします！」

そして一ノ宮さんに続いて、天堂、最上、朝倉さん、東雲さんがそう言って頭を下げた。

「……一つだけ聞きたい。どうしてハルト殿を探しているのだ？」

ディランさんは一瞬だけこちらに視線を向けてから、天堂たちに問いかける。

「それは……そのハルトという冒険者が、私たちの大切な友人かもしれないからです。彼はそう思っていないかもしれませんが……それでも私たちは晴人君が大切なんです！」

「晴人君に、まだ伝えていないことがたくさんあるんです！　もしそのハルトさんっていう冒険者が晴人君なら、たくさん言いたいことがあります……お願いします、彼についての情報を教えてください！」

天堂と一ノ宮さんがそう言うと、最上と朝倉さん、東雲さんも頷いた。

そっか、天堂たちはペルディス王国の命令で俺を殺すために探してたんじゃなくて、純粋に俺を心配してくれていたのか。

「……そうか、そなたらの思い、しかと受け取った」

ディランさんがそう言ってこちらを再び見たので、俺は頷く。

天堂たちに嘘を言っている様子はないので、顔を見せても問題ないだろう。

「ハルト殿の居場所を教えよう」

その言葉に、天堂たちは顔を輝かせる。

「ありがとうございます！　それで彼は今どこに――」

「ハルト殿ならそこにいるぞ」

天堂の言葉を遮って、ディランさんは俺を指差した。

「へ？」

「そこに、って……」

「さっきから立ってる近衛兵(このえへい)？　だよね……？」

口々にそんなことを言いながら振り向いた天堂たちの前で、俺はフードを取った。

「よっ、元気だったか？　立派に勇者やってんだな」

軽い口調(くちょう)でそう言って片手を上げると、天堂たちがフリーズする。

そしてその中で、いち早く復活して口を開いたのは一ノ宮さんだった。

「晴人君？　本当に晴人君なの!?　偽者(にせもの)じゃないよね!?」

そう言いながら、ゆっくりと歩いて近付いてくる一ノ宮さん。

「俺の偽者とか誰得だよ……」

「うぐっ、うぅ……やっぱり、生きて、いたんだね。ぐすっ、よがっだよぉ～！」

俺が苦笑していると、一ノ宮さんはそのまま俺に抱き着いて泣き始めた。

「よかった、また会えた……」

「悪い、心配かけたな」

そう言って俺は、一ノ宮さんの頭を撫でた。

それにしても一ノ宮さんが抱き着いたあたりから、いつの間にかフードを取っていたフィーネとアイリスの視線が痛い。何かをボソボソと話しているようなので身体強化スキルで聴覚(ちょうかく)を強化してみる。

「も、もう増えるのですか？　せ、正妻としてしっかりしないと……」

「むむっ!?　四人目のお嫁さん見つけたわ！」

アイリスさんや、四人目ってなんのことだい？　ってかそもそも三人目って誰？

この状況をなんて言い訳しようか、というかなんでこうなってるのか俺にも分からないんだけど……と遠い目になっていると、天堂たちが駆け寄ってきた。

「本当に晴人君、なのか？」

「結城、よく生きていたな！」

「前とは少し雰囲気が変わった？　でも無事でよかったよ」

「確かに……？　でも無事でよかった」

口々にそう言う天堂、最上、朝倉さん、東雲さん。

鑑定すればすぐ分かるのにな、なんて思いつつ、俺は天堂たちに向かって苦笑した。

「はぁ……なんだ、その、お前たちも無事でよかった。折原はいないのか？」

「これでも勇者だから。むしろ晴人君こそよく無事だったね……翔也は今は別行動中だよ」

天堂の言葉に、最上たちがうんうんと頷いている。

それに折原が天堂と別行動って、けっこう珍しい気がするけど……

そしてそこで、ようやく泣き止んだ一ノ宮さんが尋ねてきた。

「晴人君」

「ん？」

「その、城を出てから何があったか教えてくれる？　マリアナ姫様からは、晴人君が自分から出ていって、王都近くの森で重傷で見つかってそれっきり、って聞かされてたから……本当はどうだったの？」

おいおい、そんな話になってたのか？

「あー、それはだな……」

俺はそこで言葉を切り、ディランさんを見る。

するとすぐに察してくれたディランさんが、一ノ宮さんたちに向かって口を開いた。

「勇者殿、立ち話もなんだ。謁見はこれにて終わりにして、客間でゆっくりと話すことにしよう。私も同席して構わないか？」

そのディランさんに、天堂たち全員が頷いた。

流石に簡単に話せる内容じゃないからな、場所を移してじっくり話した方がいいだろう。

それから俺たちは、ディランさんとアーシャを先頭にして客間へ移動する。

しかしその移動の最中、なぜかフィーネとアイリスが俺と腕を組んできた。

フィーネの柔らかい胸が俺の右腕にあたる。それに対して左腕側のアイリスは——うん、何でもない。

そして、後ろから突き刺さる視線が痛い。

気になってちらっと振り返った瞬間、俺は思わず小さな悲鳴を上げそうになった。

天堂は何も考えていなさそうだし、最上はちょっと羨ましそうだ。それは別にいい。

ただ、女性陣の目が怖かった。

なんだ？『女の敵め！』とか思われてるのか⁉

ピリピリした空気を従えて、俺たちは客間に到着する。

二台あるソファの片方に天堂たち五人が座り、対面には左からフィーネ、俺、アイリス、ディランさんの順に座った。普通はディランさんが真ん中だと思うんだけど……

しかもフィーネもアイリスも、いまだにガッチリと俺の腕を放さないので、ますます一ノ宮さんたち女性陣の目が痛かった。

俺は内心びくびくしながら、口を開く。

「……さて、改めて久しぶりだな。それで、俺は『自分から出ていって、王都近くの森で重傷で見つかってそれっきり』なんだっけ？」

「うん。マリアナ姫はそう言ってたけど……」

俺の質問に、天堂が頷く。

俺はその反応を見て、大きく息をついた。

「はぁ……まぁ間違ってはないんだけどさ」

「……違うのか？」

「少しな」

俺は一瞬、全てを話していいのか迷ったが、思い切って話すことにした。

「俺が出ていったのは、無能は必要ないとマリアナに追い出されたからだ」

「……っ!?」

一ノ宮さんが息を呑む。その隣では、天堂が眉間に皺を寄せていた。

「まさかそんな……でもそうなると、冒険者ハルトがＥＸランクに昇格した情報を僕たちに教えなかったのも、知らなかったからじゃなくて意図的に隠していたのか……？」

「ん？　お前らがグリセントの王都を出たのはいつなんだ？」

「ちょうど一週間くらい前だな。ＥＸランク冒険者ハルトのことは、ヴァーナの町に辿り着いた頃に知ったんだ」

最上の答えに、俺は考え込む。

俺の昇格式があったのは十日以上前だ。そもそもＥＸランク昇格については各国の王で検討されたという話だったから、少なくともグリセント王は『ハルト』がＥＸランクになったことを知っているはず。マリアナがどうかは流石に分からないが。

「……ともかく、俺が城を出た理由は、さっき言った通りだ。それで王都を出て森に入ったところで、グリセントの騎士に襲われて死にかけた」

「グリセントの騎士に⁉　それじゃあ森で重傷で見つかったっていうのは……」

「そもそも、俺が重傷になった理由はあいつらだな。トドメは刺されなかったが、ほぼ死にかけの状態で放置されたんだよ」

　驚く朝倉さんに、そう説明する。

「でも結城は、それからどうしたの？　無事に生き延びたんでしょ？」

　不思議そうにしている東雲さんに、俺は答えた。

「ま、そこで神様ってのに会ってな――」

　そうして、ＥＸランクに昇格するまでの経緯を一気に説明した。

　俺が話し終えると、しばらく静寂が続く。

　真剣に話していたからか、いつの間にか腕をほどいていたフィーネとアイリスが、不安そうに俺の顔を見上げていた。

　俺は微笑んで、安心させるように二人の頭を撫でる。

　長かった沈黙を破ったのは、一ノ宮さんだった。

「そんなことがあったなんて……ねぇ、晴人君。晴人君はこれからどうしたいの？」

「これから、か……」

　天堂も最上も朝倉さんも東雲さんも、じっと俺を見つめている。

俺は一度深呼吸して、口を開いた。

「……実は最近、エルフの奴隷を買ったんだ」

奴隷というワードのせいか、天堂たちが何か言いたそうな顔をする。

しかし俺は、それを無視して続けた。

「その奴隷は実は、エルフの姫だった。でも、お姫様が奴隷になってるなんて、普通はありえないだろ？　そこで話を聞いてみたんだが、彼女の住んでいたエルフの里は、一年前に襲われたらしい」

「エルフの里が？　人間は立ち入れないんだろう？」

おそらく勇者として知識を与えられていたんだろう、天堂が不思議そうに言う。

「いや、襲ったのは人間、それも俺たちが知ってる連中だよ」

「まさか――」

「ああ、俺たちを召喚した国、グリセント王国だ」

天堂はなんとなく予想していたのだろう、そこまでショックは大きくないようだ。

しかし一ノ宮さんたち四人は、信じられないといった表情を浮かべていた。

「なっ、どうしてそんなことをしたんだ!?」

「エルフは容姿端麗な種族だ、奴隷にするために捕まえようと考えたんだろうな」

「襲ったのがグリセント王国って証拠は？」

「手元に物的証拠があるわけじゃない。ただ、そのエルフの姫が覚えていた襲撃者の鎧の特徴や、里のある森がこのペルディスとグリセントに跨って いて他国は侵入できないことから、襲撃したのはグリセントだって分かったんだ」

俺が最上と朝倉さんの質問に答えるのを、一ノ宮さんは悲痛な表情で聞いていて、東雲さんはそれを心配そうに見ていた。

「そんな、なんでそんなことを……」

「鈴乃……」

きっと一ノ宮さんたちは信じたくないのだろう。

自分たちを召喚した国がクラスメイトを殺そうとし、奴隷にするためにエルフの里を襲ったということを。

だがそれは、紛れもない真実なのだ。

俺が黙っていると、天堂が改めて聞いてきた。

「……分かったよ。それを踏まえたうえで、晴人君はこれからどうするつもりなんだ？」

「そうだな。まず、グリセント王国は潰す。これは絶対だ」

俺がそう言うと同時に、客間にいた全員がビクッと体を跳ねさせる。

おっと、どうやら威圧が漏れてたみたいだな。

すぐに解除すると、全員がホッと息を漏らした。

「悪い、威圧が漏れてた」

「か、構わないさ。それでハルト、どうやってグリセントを潰すのだ？　私としても、かの国はどうにかせねばと思っているが、具体的なことは考えているのか？」

ディランさんの言葉に、俺は首を横に振った。

「いや、その辺はまだ考えてない。とりあえず今は、近いうちにエフィルの住んでたエルフの里の様子を見に行くつもりだ。エフィルも回復してきてるし、数日後には出発しようと思ってる」

「エルフの里か……我らはその里と交流がそもそもなかったから、その里が滅んだのか、あるいはそうでないのかは分からんが、辿り着けるのか？」

「うーん、まあエフィルもいるし大丈夫だろ」

我ながら楽観的すぎる気もするが、今悩んでも仕方ないしな。

とりあえず、メンバーは俺、エフィル、あとは鍛えるためにフィーネにも付いてきてもらうか。

そう思っていると、アイリスが口を開いた。

「ハルト、私も一緒に行くわよ！」

えー、お姫様なのにいいのか……？　危険かもしれないってのに。

確認するようにディランさんを見たが、あっさりと頷かれた。

「ああ、ハルトが一緒ならいいぞ。ただし、アーシャも付いていくこと。いいな」

「ありがとうお父様！」

「えっ、私もですか……？」

ディランさんの言葉に、喜ぶアイリスと驚くアーシャ。

「……まぁ、ディランさんがいいって言うなら問題ないか」

俺は納得してそう言ってから、天堂に向き直る。

「天堂たちはどうするんだ？」

「そうだな、晴人君の無事も確認できたし――」

「あ、あのっ！　それより先にちょっといいですか⁉」

天堂が話し出そうとしたところで、珍しく一ノ宮さんが他人の話を遮って声を上げた。

「一ノ宮さん、どうしたんだ？」

「あの、晴人君……さっきからずっと距離が近いけど、その二人、晴人君の何？」

一ノ宮さんの目は据わっていて、かなり迫力がある。

これは答えを間違えると大変なことになる気配が……

「フィーネとアイリスのことか？　えっと、この二人はだな――」

「「お嫁さんです！」」

「っておい⁉」

なんとなく誤魔化そうと思っていたのに、フィーネとアイリスが息ピッタリに暴露(ばくろ)してしまった。

第16話　仲間入り

「お、おおおお嫁さんって……」

フィーネとアイリスの爆弾発言に、真っ赤になって口をパクパクさせる一ノ宮さん。

そんな彼女を横目に見ながら、俺はフィーネとアイリスに抗議する。

「ちょっとは誤魔化そうとか考えない⁉」

「だ、だって私は正妻ですし……」

「ハルトは私たちがお嫁さんだと何か困るわけ？」

「いや、そういうわけではないけどさ……」

俺はどう説明したものかと、向かいに座っている天堂たちを見る。

「羨ましい……私も晴人君に――」

「は、晴人君が結婚だと……」

「しかも可愛い……」

「鈴乃ちゃんの思いが……」

「この世界は一夫多妻制……？　だったら鈴乃にもチャンスが……」

一ノ宮さんは一人でブツブツと呟いており、天堂、最上、朝倉さん、東雲さんもそれぞれに驚いている。

あれ？　なんかあっさり受け入れられそう？　というかちょっと聞き捨てならないワードが聞こえたんだけど。

そう思っていると、一ノ宮さんが意を決したように口を開いた。

「お二人は、晴人君のことをどれだけ知っているんですか？」

その問いにフィーネが先に答えた。

「そうですね。ハルトさんは敵には一切容赦がありませんが、身内にはとても優しい人です。どんなことがあっても、仲間を守ろうとしてくれます。あと好きな食べ物は――」

なぜかフィーネの隣では、アイリスがどこからか取り出した紙にメモを取っている。どうやら知らない情報を書いてるみたいだけど……そんな几帳面なところにグッときてしまった。

「――っと、こんなものだと思いますよ？　ハルトさん何か違ってましたか？」

数分喋り続けたフィーネは、一通り言いたいことを言ったのか、ドヤ顔でこちらを見る。

フィーネの喋った情報は、全て合っていた。たった一か月くらいしか一緒にいないのに、よくそんなことまで観察してたな、と思うことばかりだ。

「いや、全部正解だ。流石フィーネだな」

そう言って頭を撫でると、フィーネは「正妻ですから」と言って胸を張った。

その光景を見て、一ノ宮さんが頬を膨らませている。

「わ、私の方がもっと色々知ってるもん！」

フィーネが「そうですか、たとえば？」と言って先を促し、アイリスがメモを取るべくペンを構える。

「た、たとえば……晴人君が向こうの世界で行き付けだったお店とか！　たまに後をつけてたんだから！」

え、後をつけて……？

俺は身震いしながら、朝倉さんと東雲さんに「どういうことだ？」と視線を送る。

「し、知らないよ！　流石にそこまでしてたなんて……」

「ストーカー？　私も知らない」

東雲さんよ。そうはっきり言ってはいけない。

一ノ宮さんは自分が何を口走ったのか気付いたのか、顔を真っ赤にしてしまった。

でもそっか、さっきからの皆の態度でなんとなく気付いてたけど、そういうことか。

なんと言うべきか迷っている、天堂が一ノ宮さんに言う。

「鈴乃。鈴乃のしたいようにすればいいんじゃないのか?」

「うん、ありがとう光司君――は、晴人君!」

一ノ宮さんは真っ赤な顔のまま、緊張した表情で俺に向き直った。

俺は何も言わず、まっすぐに一ノ宮さんを見つめる。

一ノ宮さんは口を開き、ためらうように一度閉じて、そしてようやく意を決したように再び口を開いた。

「私、ずっと晴人君のことが好きでした! だからこれから、晴人君と一緒に行動させてください!」

元々一ノ宮さんの気持ちを知っていたのだろう、天堂と朝倉さん、東雲さんは成り行きを見守っている。恋愛に疎い最上だけはキョロキョロしていたが、流石に空気を読んで黙っていた。

一方こちら側のソファの面々はというと、フィーネとアイリスは真剣な表情で、俺が答えるのを待っているようだった。そしてディランさんは……ニヤニヤしていた。絶対楽しんでるだろ、この人。

それにしてもあの学校一の人気者である一ノ宮さんが俺を、か……昔だったら大喜びしていたんだろうが、今の俺にはフィーネとアイリスがいる。

一ノ宮さんも日本人だから、やっぱり一夫多妻というのは気分がよくないはずだ。かと

いって、フィーネとアイリスを見捨てるなんて俺にはできない。

俺は一度大きく呼吸をして、一ノ宮さんを見つめる。

「一ノ宮さん」

「鈴乃でいい」

「そうか。悪いけど、俺には好きな人がいるから――」

「好きな人ってフィーネさんとアイリスさんのこと？」

一ノ宮さん、いや、鈴乃は断ろうとしていた俺の言葉を遮ってそう言う。

俺が反射的に頷くと、鈴乃はフィーネとアイリスを見た。

「二人は、私が一緒に付いていくことをどう思うの？　……私は、フィーネさんとアイリスさんっていうお嫁さんがいたとしても、晴人君の隣にいたいと思ってるんだけど」

それにまず答えたのはフィーネだった。

「そうですね……一緒にいるようになれば、いつかハルトさんがスズノさんのことを好きになるかもしれないですけど、私はそれでもいいと思ってます。同じ人のことを好きって、素敵なことだと思いますし」

その言葉を受けて、アイリスも頷く。

「そうね、私も同意見だわ。かわいいお嫁さんが増える分には大歓迎よ！」

はぁ、鈴乃もフィーネもアイリスも、一緒にいて嫌じゃないっていうなら、俺が鈴乃を拒む理由はないか。

ただ、そうなると鈴乃は天堂たちのパーティから抜けることになる。

それでいいのかと思ってちらりと天堂を見ると、頷かれた。なるほど、最初っからそのつもりだったってことか。

「ありがとう二人とも！　……晴人君、やっぱり一緒に行っちゃダメかな？」

鈴乃は不安そうに聞いてくる。

「……ったく、断れるわけないじゃないか。分かったよ鈴乃、一緒に行こう」

俺の言葉に、鈴乃はパッと顔を輝かせた。

「ありがとう三人とも！　私、晴人君に好きって言ってもらえるように頑張るね！」

そして鈴乃は振り返って、天堂たちに言った。

「ってことで光司君。私はパーティを抜けて晴人君と一緒にいることにするよ！　迷惑かけてごめんね」

頭を下げる鈴乃に対して、天堂たちは頷く。

「ううん、鈴乃は鈴乃のやりたいようにしていいんだよ。魔王のことは心配しなくていいから」

「光司の言う通りだ。俺たちにまかせとけって！」

「鈴乃ちゃん、頑張ってハートを掴み取ってね」

天堂、最上、朝倉さん、東雲さんへと、鈴乃が笑顔でお礼を言う。

「やれやれ、ハルト殿はこれから大変だな」

そう言ってディランさんは、相変わらずニヤニヤした顔を向けてくる。

くっ、王様じゃなかったら殴りてぇ……！

俺がそんなことを考えているとは露にも思っていないのだろうディランさんは、天堂たちに向き直った。

「それで勇者殿たちは、結局どうするのだ？　さっきテンドウ殿が何か言いかけていたようだが……グリセント に戻るのか？」

「いえ、それは考えていません。晴人君の話を聞いた後だと、グリセント王やマリアナ姫のことを信用できないので……」

頷く天堂の言葉に、俺も続ける。

「ああ、その方がいいな。お前らが俺を探してたことや、実際に会ったっていう情報が既に王家に伝わってるかもしれない。そうなったら最悪、お前らも暗殺されかねん」

「そうか、確かにそうだね……ＥＸランク冒険者ハルトの情報を僕たちに隠してたくらいだ、晴人君と僕たちが接触したのを知って、グリセント王がいい顔をするわけがないか」

天堂の言葉に頷いたが、ふと疑問に思った。

「……なあ天堂、グリセント王やマリアナは、『EXランク冒険者ハルト＝自分たちが勇者召喚した結城晴人』って確信してると思うか？」

「僕も最初は、ただ単にその事実を知らなかったから教えなかったんだと思ってたけど……でも、結城君が追い出されて殺されかけたって話を聞いて、確信してて隠してたんじゃないかって思ってる」

確かに状況的に、知っていてもおかしくないか。

俺はそこで、とあることを思い出してディランさんに尋ねた。

「ディランさん、聞いてもいいか？」

「うん？　どうした？」

「俺の冒険者ランク昇格って、各国の王との会議で話し合って決めたんだったよな？」

それを聞いてハッとした天堂を横目に、俺は言葉を続ける。

「その会議にはグリセント王もいたはずだ。覚えている限りで構わないから、どんな反応をしていたか話してくれるか？」

「なるほど、そういうわけか。そうだな――」

ディランさんは腕を組んで目を瞑り、思い出すように語り始めた。

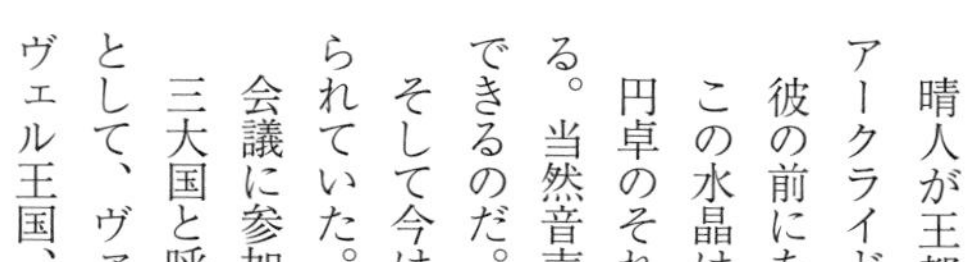

◇　◇　◇

晴人が王都に迫る魔物たちを殲滅した翌日の夜、ペルディス王国の国王、ディラン・アークライド・ペルディスは王しか入れない会議室にいた。

彼の前にあるのは、水晶の形をしたマジックアイテム。

この水晶は、各国王城にある王専用の会議室にのみ備えられたものだ。

円卓のそれぞれの椅子(いす)に座った王の映像が、各国の会議室にリアルタイムで映し出される。当然音声もリアルタイムで、各国の王たちは、実際に対面しているかのように会議ができるのだ。

そして今は、Aランク冒険者ハルトのランク昇格に関する協議のため、各国の王が集められていた。

会議に参加しているのは、この世界の全国家の王たち。

三大国と呼ばれるペルディス王国、グリセント王国、ガルジオ帝国。その三国をはじめとして、ヴァルナ王国、ベリフェール神聖国、バルムルク王国、ツヴェルク王国、アールヴェル王国、ベスティア獣王国、ルビリア共和国、ジャペン王国、アース連合国、レガニア王国と、計十三か国だ。

まずは招集(しょうしゅう)をかけたディランが、軽く頭を下げて言葉を発する。

「本日は急な声かけにもかかわらず、全員が参加してくれたことに感謝する」

『ふむ。たしか今日の議題は、冒険者のランク昇格だったか？　ペルディス王よ』

そう言ったのは、ガルジオ帝国の皇帝、オスカー・フォン・ガルジオ。

「ああ、そうだな」

『それではいつも通り、その者の功績を皆で確認して、Sランクとしてふさわしいかを協議、投票し過半数の賛成でSランクに昇格……という流れだな』

「その通りだ、ガルジオ皇帝。だが今回は、ちょっと特殊でな」

『特殊？』

首を傾げるオスカーに、ディランは頷いてみせる。

そして会議に参加している王たちの顔を見回しながら、ゆっくりと口を開いた。

「実はつい昨日、我がペルディス王国の王都は、数十体の災害級を含む、一万もの魔物の大群を率いた魔王軍四天王『魅惑のギール』に襲撃されかけた」

その言葉に、各国の王たちがざわつく。

一万の魔物というだけでも絶望的なのに、魔王軍の四天王までいる。普通であればペルディス王都はとっくに壊滅しているはずだが、目の前のペルディス王はピンピンしている。

『されかけた、とは一体どういうことか』『なぜペルディスは無事なのだ』『誰かが退けたのか』と、王たちは口々に疑問を投げかける。

ディランは立ち上がって皆を手で制しながら、言葉を続けた。

「説明するから落ち着いてくれ……その四天王と、奴が率いていた一万の大軍のほとんどは、たった一人の冒険者によって殲滅されたのだ」

そのディランの言葉に、各国の王はますます混乱する。

災害級を含む大軍を一人で？　四天王もいるのに？　どうやって？

会議室は先ほどよりも騒がしくなるが、その混乱を収めたのはオスカーだった。

『落ち着け、皆の者……ペルディス王よ、証拠はあるのだろうな？』

静まり返った会議室で、全員の視線を集めたディランは落ち着いた態度で、映像記録用の水晶の魔道具を取り出す。

「もちろんだ。これを見てくれ」

ディランが水晶に魔力を流すと、記録用に撮影されていた映像が流れ始める。

最前線で撮影されたその映像は、魔物襲撃の一部始終を記録していた。

遠くから迫る一万もの魔物、急遽構築された防衛線と、決死の戦い。そこに現れた、黒衣の少年。彼の操る、到底個人では扱えるはずのない威力の魔法の数々。大量の魔物を手にした武器で斬りまくる姿。最後に放たれた、隕石のような魔法。そして煙が晴れた後に……そこに残る、巨大なクレーター。

「――これが証拠だ。四天王の姿は映っていないが、彼の証言では倒したとのことだ……

まあ、こんな大軍を操るなど、『魅惑のギール』以外にできまい。奴がこの近くにいたことは間違いないし、その後何の動きもないことから、この冒険者が倒したことは虚偽ではないだろうな」

そんなディランの言葉は、果たして各国の王に届いていたのだろうか。

映像を見終えた皆は、呆然としてしまっていた。

『魔王……』

しばらくして、誰かが小さくそう呟いた。

それはまさに、その場にいる王たちの考えていることを代弁していた——ただ一人を除いて。

「くくく、魔王か」

その一人——ディランは何とか笑いを堪えようとしている。

『どうしたのだ？　ペルディス王よ』

そんな彼を不思議に思って、オスカーが尋ねる。

「いや、この者につける二つ名の案がいくつかギルドから上がってきていたのだが、それに『魔王』も含まれていたと思ってな。確かにピッタリだ」

ディランの言葉に、オスカーは『笑い事ではないがな……』と内心思いつつ、再び尋ねる。

『それで、この者をSランクに昇格させたい、ということでいいのか？』

「いや、彼はこの襲撃事件の前に、Ｓランク昇格用の依頼として、ワイバーン亜種の討伐を完了している。加えてこれだけの実力があれば、Ｓランクなどでは収まらないだろう。だからこそ、Ｓランクよりも上のランク……そうだな、『ＥＸ』ランクというのを新設し、それに昇格させるのはどうだ？」

ディランの言葉に、数人の王が頷くが、また別の数人は疑問を呈する。

『確かに実力は申し分ないが……我々に牙をむくことはないのか？』

『ペルディス王よ、よもや彼の者を既に抱え込んでいるということはないだろうな？』

『それだけ強大な力を持っていて、人格に問題はないのか？』

ほとんど詰問のような問いかけだったが、ディランは冷静に答える。

「まず一つ目だが、仲間や知人、身内に手を出されない限りは、向こうから攻撃してくることはない。二つ目に、私の勧誘は『自分は自由を求める冒険者だから』と断られた。あれは絶対に折れないだろうな。そして三つ目だが、私の目からは全く問題ないように見えるし、ギルド関係者の評価も高い。敵には容赦ないが……まあ、我々が余計なことをしない限りは、仲間思いの優しい男だよ」

ディランの言葉に、各国の王は納得したように頷いた。

『……そうか、ペルディス王の言葉を信じよう。そういえばその者の名前は何というのだ？　それほどの実力者であれば、誰も知らないということはないと思うが……』

オスカーにそう問われて、ディランは思い出したように答える。

「ああ、まだ言っていなかったか。その者の名はユウキ・ハルト。冒険者登録をしたのは最近だそうだから、まだまだ名は知られていないと思うぞ」

『ユウキ・ハルトだと？』

と、そこで、これまで黙っていたグリセント王――ゲイラ・フォール・グリセントが突然声を上げた。

「ん？　どうしたグリセント王よ」

『い、いや。なんでもない……確かに映像の者は黒髪だったが、いや、きっと名前が似ているだけだろう』

後半はうまく聞き取れなかったので、ディランは気にしないことにして採決を進めることにした。

「さて、それでは冒険者ユウキ・ハルトのＥＸランク昇格について、皆の賛否を尋ねたい」

『ガルジオ帝国は冒険者ハルトの昇格に賛成だ』

『……グリセント王国も賛成、だ』

『ヴァルナ王国も賛成だ』

『アース連合国も同じく』

『ベリフェール神聖国も賛成です――』

結果として、珍しく全参加国一致で、ハルトの昇格は可決された。

ディランはホッとしつつ、最後に決めなければならないことを確認する。

「皆、ありがとう。それでは冒険者ハルトへの通達及び昇格式については、我がペルディス王国で担当しよう……それで二つ名だが、『魔王』『殲滅者』『絶対者』の三つを筆頭に、いくつか候補が上がってきているのだが……」

『「魔王」だな』

『ですな』

『それ以外ないだろう』

ディランが言い終わる前にオスカーが断言し、他の王も同意する。

こうしてハルトの二つ名は、無事に『魔王』に決定したのだった。

◇　◇　◇

「――とまぁ、こんな感じだったな。今思えば、あのグリセント王の反応は、まさか殺したはずのハルトが生きているとは思っておらず、驚いていたのだろうな」

ディランさんは一通り話し終えると、一息ついてそう言った。

俺はディランさんの話を吟味しながら答える。

「ああ。話を聞いた感じだと、グリセント王は気付いてるのか微妙(びみょう)だな……」

「といっても、『ユウキ・ハルト』が『結城晴人』かもしれないと気付いている可能性はやっぱり高いね。確信していたかどうかは分からないけど、そのあたりを探られると都合が悪いから、僕たちに冒険者ハルトの情報を与えなかったんだと思う」

確かに天堂の言う通りだろうな……

「だったらやっぱり、王都には近寄らない方がいいな……いや、もしかしたらグリセント王国に入らない方がいいかもしれない」

俺の言葉に、天堂は頷いた。

「うん。気にしすぎかもしれないけど、念には念を入れておくべきだ」

「それではいったいどうするのだ？　別の国へ足を延ばすのか？」

ディランさんの問いに、天堂は考え込む。

「そうですね。最初の目標だった晴人君には会えましたし、本当は晴人君と会えた後は各地を回ってレベルを上げようと思っていたんですけど……ここまでの話を聞くと、グリセント王国に従って言われた通りに旅をしていいのか、悩んでしまいますね」

見れば、最上に朝倉さん、東雲さんも頷いていた。

と、そこで俺は、とある提案をしてみる。

「……お前ら、しばらく俺と一緒に行動しないか？」

「「「「え？」」」」

俺の提案に、天堂たちが目を丸くする。

「お前らのレベル、今は平均して60ちょっとだよな？」

「あ、ああ」

鑑定したレベルを確認すると、天堂が頷く。

「グリセントの言うことを聞くにせよ、もしくは無視するにせよ、お前らは勇者として、いずれ魔王軍と戦うことになるかもしれないだろう？　今のお前らのレベルじゃまともに戦えないから、俺が鍛えてやるよ」

俺がそう言うと、朝倉さんが不安そうな表情になる。

「そんなに魔王軍って強いの？」

「ああ。俺が四天王を倒した話はしただろ？　その四天王のレベルが１３７だった。他の四天王は分からないが、大体同じくらいのレベルだろうな」

「ひゃく……!?」

俺の言葉に、朝倉さんたちだけでなく、ディランさんやフィーネ、アイリスも固まってしまった。

「おいおいマジかよ……ってことは、魔王はもっと強いんじゃねぇか？」

引き攣った笑みを浮かべる最上に、俺は頷く。

「そうだな。いずれにせよ、今のお前らじゃ到底敵うはずがないってことだ」

「そこまで差があるなんて……」

そう言って、東雲さんが絶望的な表情を浮かべる。

そんな彼女に、俺は軽い調子で言った。

「まあ悲観的になるなよ、だから俺が鍛えてやるって言ってるんだよ」

「頼んでいいのか？」

天堂がまっすぐに俺を見つめて言う。

だから俺も、まっすぐに見つめ返す。

「当然だ。お前らに死んでほしくないからな……ま、ちょっと厳しい訓練になると思うけどな」

にやりと笑ってそう言うと、天堂は勢いよく頭を下げた。

「……ありがとう！　よろしく頼む！」

それに続いて、最上、朝倉さん、東雲さんも頭を下げる。

「ああ、よろしくな」

俺はにこやかに微笑みながら、どんなトレーニングをさせるか思い描く。

「……私が勇気を出して告白したのはいったい……」

鈴乃が端っこの方で肩を落としてるけど……その、スマン。

第17話　休息

今後の方針を決めた俺たちは、屋敷に戻ってきた。

まずは客間にセバスたち使用人を呼び、天堂たちと引き合わせてから城であったことを説明する。

「――左様でしたか、意外な再会というわけですね……ハルト様のご友人の勇者の皆様、私はこの屋敷で執事をしておりますセバスチャンと申します。どうぞお見知りおきを」

「メイドをしておりますライラと申します。何かありましたらお申しつけください」

「同じくメイドのミアと申します」

「エフィルです、よろしくお願いします」

セバス、ライラ、ミアが自己紹介し、綺麗な一礼をする。

この数日ですっかり元気になったエフィルがペコリと頭を下げると、天堂たち五人がフリーズしていた。

皆の視線を辿ると、エフィルの耳に集中している。

あー、エルフを初めて見たのか？

そう思っていると、エフィルの顔がみるみる赤くなっていった。注目されるのに慣れていないのだろう。

「おーい、お前ら？」

俺がそう声をかけると、天堂たちはようやく我に返った。

「す、すみません。えっと、初めまして。僕はグリセント王国に召喚された勇者の天堂光司です。よろしくお願いします」

そう自己紹介した天堂に、鈴乃たち四人も続いた。

そうして自己紹介を終えたところで、俺はセバスにいくつか頼みごとをする。

「セバス、数日したら、俺とフィーネとアイリス、アーシャ、天堂たちで、エフィルを連れてエルフの里に行ってみるつもりだ。アーシャもいるから大丈夫だと思うが、エフィルに一通りの家事と、最低限身を守れるだけの戦闘技術を教えておいてくれ」

「かしこまりました」

「ハルト様、いいんですか⁉」

俺の言葉にセバスが頭を下げ、エフィルが驚きの声を上げる。

「ああ。エフィルも里がどうなってるか、気になるだろ？」

「……ハルト様のおかげで回復してから、セバス様にも手伝っていただいて情報を集めようとしたのですが、全く集まらず……」

「やっぱりそうか。だったらますます、自分の目で確かめないとな」

「はい！」

俺の言葉に、エフィルは顔を輝かせる。

「そういうわけだ、頼むなセバス」

「かしこまりました、お任せください」

セバスは深々と頭を下げた。

「それじゃあ、とりあえず皆を部屋に案内してくれないか」

「はい、かしこまりました。皆様、こちらでございます」

先導するセバスに付いていく天堂たちの背中に、俺は言葉を投げかける。

「皆、少しゆっくりしてからまたここに集合してくれ。まだ夕方にもなってないし、軽く特訓できると思うから……そうだな、三十分後に集合しよう」

「分かったよ、ありがとう」

天堂たちはそう言って頷くと、セバスに続いて二階に上がっていく。

「フィーネとアイリスも、とりあえず好きにしてくれて構わないから、また三十分後に集合な」

「分かったわ……フィーネ、私の部屋に来ない？」

「いいですよ」

アイリスとフィーネはそう言って、二人で部屋へ戻っていく。

「さてと……俺も部屋で訓練の計画でも練るかね」

俺は一人そう呟きながら、自室へ戻るのだった。


そして四十分後。

「……遅い！　あいつら何やってんだ」

客間には、俺とアイリス、フィーネ、セバスの姿しかなかった。

「セバス、皆を呼んできてくれないか」

「かしこまりました」

客間を出ていくセバスの背中を見ながら、フィーネが首を傾げる。

「もしかして、ベッドと布団がふかふかすぎて皆さん寝てしまったのでは？」

「ふふふっ、ありえるわね。なにせこの屋敷に置いてある寝具は王族が使ってるのとほぼ同等の、最高級品だもの」

そう言って、アイリスがくすくすと笑う。

え？　確かにめちゃくちゃ寝心地よかったけど、そんな高級品だったの？

そんなことを考えながら待つこと数分、セバスが天堂たちを引きつれて戻ってきた。

五人とも、眠そうに目を擦っている。

「ごめん晴人君、あまりにも布団がふかふかで……」

「テンション上がってダイブしたらそのまま寝ちまった」

「ごめんね晴人君……」

「いやぁ、流石ＥＸランク冒険者、いい布団使ってるねっ！」

「夜もぐっすり寝れそう」

天堂、最上、鈴乃、朝倉さん、東雲さんが、口々にそう言った。

なんだ、やっぱり寝てたのか。

「……はぁ、最近休めてないのか？」

「晴人君に会えるかもと思って、ヴァーナからここまで、けっこう馬を飛ばしてきたからね……疲れが溜まってたみたいだ」

天堂の言葉に、罪悪感がわいてくる。

「……起こして悪かったよ。そしたらとりあえず今日は休んで疲れを取って、特訓は明日からにしよう。もう一度寝てくるか？」

そう言ってセバスに視線をやると、こくりと頷かれた。

「お風呂の用意はできております」

その言葉を聞いた鈴乃たち女性陣は顔を輝かせる。

「ってことだから、風呂も自由に入っていいぞ。とにかくしっかり休んで疲れを取ってくれ……ああ、風呂は男女別だからな、最上」

「おいコラ、なんで名指しする」

最上の鋭いツッコミに、全員が笑ってその場の雰囲気が和（やわ）らいだ。

「いやー残念だったねー慎弥」「ハァ!? 夏姫お前まで……！」なんてじゃれ合いながらセバスの先導で風呂に向かう天堂たちを見届けて、俺はフィーネとアイリスに尋ねた。

「俺はせっかくだからこのまま軽く鍛錬（たんれん）でもしようと思ってるけど、二人はどうする？見学か参加か選んでもらおうと思ってたんだが、今日はもう休んでもいいぞ？」

「そうですね。特にやりたいこともないので、一緒にやります」

「んー、私は見ているわ」

フィーネは参加、アイリスは見学か。

うーん、エルフの里行きは何があるか分からないから、ある程度アイリスにも戦い方を覚えてもらいたいんだが……まあ、お姫様だから護身術とか学んでるのかな？

「アイリス、今日は軽い鍛錬だから見学でいいけど、最低限の護身のための能力は身につけてもらうからな？」

「うっ、分かったわよ……」

渋々といった様子で頷くアイリスに、俺とフィーネは苦笑する。

それから三人で客間を出て玄関に向かっていると、たまたま廊下にいたエフィルが声をかけてきた。

「あ、ご主人様！　鍛錬ですか？　私も参加したいです！　里に帰るなら私も強くならないと――」

「エフィル、今はこちらが先ですよ」

「ハルト様、お騒がせして失礼しました」

エフィルは言いかけた言葉をライラに遮られ、さらにはミアに腕を掴まれ、そのまま引きずられていく。

「ま、待ってくださぁぁぁぁ……」

「が、頑張れ？」

口を挟む間もなく連れ去られるエフィルを見送り、俺はそう零すことしかできないのだった。


鍛錬を終えた俺とフィーネ、ついでにアイリスは、ひと風呂浴びてからリビングに向かった。

風呂でゆっくりしているうちに空はすっかり暗くなり、夕食の時間だ。

風呂上がりに寝ていたらしい天堂たちも起きてきて、既にリビングに来ていた。

ライラとミアが作った料理が、アーシャとセバス、エフィルによって次々運ばれてくる。

うん、今日も美味そうだ。

テーブルに並ぶのは、日本食の数々。

炊いた白米に、肉じゃがや焼き魚、唐揚げなど、慣れ親しんだものばかりだ。

それを見て、鈴乃が声を上げる。

「すごい！　まさか日本食⁉」

興奮した様子の鈴乃に向かって、俺は頷いた。

「ああ。俺がライラとミアに教えたんだ。食材を探すのもけっこう大変だったんだぞ」

「米まであるじゃないか！　どこで見つけたんだ？」

「バッカス商会だよ」

そう答えると天堂は、納得したように頷いた。

「ああ、ガッスルさんのところの……すごいな、こんなものまで」

「東の方の国で流通してるのを仕入れてるらしくてな。見つけた時は思わず叫んじまったよ」

屋敷を手に入れた後、そろそろ流石に日本食を食べたくなった俺は、米を探していた。

ディランさんも食べたことがないというので、王都の商会をいくつか回ってみたがなかなか見つからなかった。

そこでバッカス商会がペルディス王都にあることを思い出し訪ねてみたところ、なんと取り扱っていたのだ。ちなみに王都店の店長は、一緒に旅をしたガリバさんだったので、顔見知りということでかなり安くしてもらっている。

どうやらバッカスさんから、俺が来たら融通をするようにバッカス商会全店に通達がいっているらしく……ほんと、バッカスさんにはお世話になりっぱなしだな。いつかちゃんと恩を返さないといけない。

「でもまさか、この世界で日本食を食べられるなんて！　一か月ぶりだよ！」

「唐揚げも美味そうだな！」

「肉じゃがも」

朝倉さん、最上、東雲さんも、爛々と目を輝かせている。

「ははっ、待ちきれないみたいだし食べるとするか」

俺の言葉で、フィーネにアイリス、天堂たちが席につく。

そして配膳を終えたアーシャ、セバス、ライラ、ミア、エフィルも席についた。

「あれ？」

「ん？　どうしたんだ天堂？」

そう聞くと、天堂が少し言いづらそうに口を開いた。

「えっと……アーシャさんたちって、使用人、なんだよね？　一緒に食べるんだと思って」

「いや、そういうわけじゃないけど……グリセント王国の城にいた時は、使用人の人たちは皆立ってて、一緒に食べることはなかったからさ」

ああ、そういうことか。

「それは城での話だろ？　俺の家では、全員揃って飯を食うんだよ。その方が美味(うま)いからな」

俺がそう答えると、フィーネもアイリスも頷く。

それを見て、天堂たちは表情を明るくした。

「そっか、そうだよね！」

「お城ではなんだか慣れなくって、ちょっと気まずかったもんね」

天堂と鈴乃の言葉に、最上や朝倉さん、東雲さんも「うんうん」と頷いていた。

「だろ？　じゃ、食べようぜ！」

「ああ、いただきます！」

皆で挨拶をして、食事を始める。

天堂たちが嬉しそうに食べているのを見て、俺は顔をほころばせた。

勇者じゃないと追い出された俺を、天堂たちは友人として心配して、探し出してくれた。

事あるごとに俺に絡んできた御剣(みつるぎ)みたいなやつらもいたけど、やっぱりクラスメイト——いや、友人ってのはいいものだな。
そう考えながら、楽しい夕食の時間を過ごしたのだった。

第18話　勇者の実力

翌日、俺は屋敷の庭先で、武器を構えた天堂、最上、鈴乃、東雲さん、朝倉さんの五人と対峙していた。庭の端の方では、フィーネとアイリスが見学している。

「本当にいいのか？」

「問題ない、全力で来いよ」

「——ああ、分かった」

俺の答えに、天堂はしっかりと頷いた。


事の発端(ほったん)は昨日の夕食後。

天堂たち勇者五人は俺の部屋に来て、これまで何があったのかを話してくれた。

そして一通り話を聞き終えた頃、最上が何気(なにげ)なく言った。

「なあ結城、四天王を倒したって言ってたけど、お前ってどれくらい強いんだ？」

「あっ、私もそれ気になる！　私たちを鍛えてくれるんでしょ？」

「確かに」

最上の言葉に、朝倉さんと東雲さんも続ける。

「いや、お前ら勇者だから鑑定持ってるだろ？　それで確認すればいいじゃん」

俺がそう言うと、天堂が頬をかく。

「勝手に見たら悪いと思ってさ……見てもいいかな？」

「ああ、構わないぞ。別に減るもんじゃないし」

「そうか、ありがとう……っ⁉」

さっそく鑑定したのだろう、天堂が驚きの表情を浮かべる。

そしてそれに続いて、最上や鈴乃たちも息を呑んだ。

「レ、レベル３００越え……？」

「俺たちの五倍くらいあるじゃねぇか」

「スキルものすごく多い……」

「私たちを鍛えるって言ってたのも納得だね」

「むしろレベル差がありすぎて、まともに鍛えてもらえるのか不安になってきたんだけど……」

皆しばらく固まっていたが、ようやく我に返ってそう呟いた。

「ま、強さってのはレベルが全てじゃないけどな……とにかく明日からお前らの特訓も始めるからよろしくな。まず最初は、実力を確認したいから俺対五人の模擬戦だな」

俺がそう言ってにこっと笑うと、「五人がかりでも勝てる気しないんだけど……」と鈴乃が小さく呟くのだった。


そんなわけで、俺は天堂たちと対峙しているのだ。

庭には結界を張っているから、どれだけ暴れても問題ない。

俺は異空間収納から、鉄の剣を取り出す。

それを見て、天堂が首を傾げた。

「そんな剣でいいのか？　こっちは聖剣だぞ？」

「心配するな……さぁ、始めようか」

俺の言葉で、天堂たちは改めて武器を構えた。

前衛が天堂、最上、東雲さん。後衛が鈴乃と朝倉さんか。

天堂たちの動きを観察していると、最上が問いかけてきた。

「おい結城、構えなくていいのか？」

確かに俺は右手に剣を持ったまま両腕をだらりと下げ、自然体で立っている。

最上の疑問に俺が答えようとしたところで、東雲さんが口を開いた。

「慎弥、結城は構えていないように見えるけど、全く隙がない。きっとアレが結城の構え」

お、正解だ。流石東雲さん、実家が剣術道場なだけあるな。

だけど全員、不合格だ。

「何してるんだ、もう始まってるんだぞ？」

そう言って軽く威圧を発すると、天堂たちは一瞬固まった後、動き始めた。

まず迫ってきたのは最上。

「オラァァアッ！」

ガントレットを着けた拳を、最上は全力で打ち込んでくる。

俺はあえてギリギリで避けながら、最上の隙を窺う。

しかしその間に俺の背後に回り込んだ天堂が、聖剣を横薙ぎに振るった。

戦いの前に鑑定したその聖剣の名前は『ミスティルテイン』。神聖魔法や結界、無敵化などの能力を持つ伝説級武器だ……もっとも、人間の相手には神聖魔法は強みを発揮できないし、結界は防御のための能力、無敵化も一日一回の能力らしいので今は使わないだろうから、実質ただの剣なのだが。

俺はしゃがんで天堂の剣を避けながら、その足を蹴り払おうとする。

しかしそこで、いつの間にか迫っていた東雲さんが横あいから剣を振り下ろしてきた。

俺はあくまでも冷静に、鉄剣に魔力を流して強化し、東雲さんの剣を受け止める。

その隙に最上と天堂が攻撃してくるかと思って警戒していたが、二人はバックステップで俺から離れた。

この隙を狙わない？　ということは……

考えていると、鈴乃と朝倉さんの声が響いた。

「「葵ちゃん！」」

その声で東雲さんが俺から距離を取ると同時、光と炎の槍が飛んできた。

これは……ホーリーランスとファイヤーランスか。

飛んできた方向を見ると、鈴乃と朝倉さんが構えていた。

なるほど……よく連携できてるじゃないか。予想以上だ。

だがこの程度の威力じゃ、強敵は倒せないだろうな。

俺はそんなことを考えながら、この前の魔物の襲撃の際に手に入れた、硬化の上位スキルである金剛を発動する。

直後、俺の立っているところに二つの魔法が着弾し、ドォォォンッという爆発音と共に砂煙が舞った。

「やったか⁉」

「光司君、それフラグだよ！」

天堂の言葉に、朝倉さんが突っ込む。

そしてその言葉通り、俺は全くの無傷だった。

砂煙が晴れて現れた俺の姿に、最上が呟く。

「おいおい、正面から受けておいて、かすり傷も負っていないのかよ……」

「あれじゃあ火力不足だな。まあ連携はよかったんじゃないか？　今まで見てきた連中の中で一番いいぞ」

俺がそう言うと、鈴乃が満面の笑みを浮かべた。

「ありがとう晴人君！」

「もう、戦闘中だよ、鈴乃ちゃんっ！」

「へへ、ごめんね夏姫ちゃん」

すっかり気が緩んだ様子の鈴乃に朝倉さんが突っ込み、鈴乃は照れたように謝る。

「……よし、お前らの攻撃はなんとなく分かった。次は俺から行くぞ」

俺はそう言って、まずは後衛を潰すために駆け出す。

しかしすかさず、天堂と最上が俺の前に立ちはだかった。

「行かせない！　慎弥！」

「おうよ！　――ロックウォール！」

最上が拳を地面に突くと、その目の前に二メトルほどの岩の壁が出現した。

壁の左右には天堂と東雲さんがいるし、飛び越えようとすれば後衛二人が魔法を放つって作戦か？

だったら――

俺はそのまままっすぐ突き進み、拳でロックウォールを破壊する。

「拳で⁉　いや、壁が壊されるのも予想通りだ！」

そんな声と共に、壁の向こうにいた最上の拳が、俺が通るであろう場所に落ちる。

「――っ！　違う、慎弥！」

横で見ていた天堂が叫ぶが遅い。

その時には既に俺は、最上の背中に剣を振り下ろしていた。

壁を破壊した俺はそのまま突っ込まずにジャンプし、そこからスキル天歩で空中を移動、最上の背後に回り込んだのだ。

しかし最上の背中に剣が直撃する寸前、東雲さんの剣がそれを弾いた。

へえ、今の動きを追ってたのか。

俺は感心しつつ、さっきのロックウォールを壊した時に握りこんだ砂を東雲さんの顔目がけて投げた。

そして東雲さんが反射的に顔を背けた隙をついて、気配遮断とステルスを発動する。

「いない⁉」

東雲さんはすぐに顔を戻して目を開いたが、俺が気配ごと消えたことに驚きの声を上げる。

俺はそんな彼女の手首を掴み、足をかけて転ばせた。

「戦闘中には絶対に敵から目を離すな。命取りになるぞ」

「きゃっ!?」

東雲さんはそんな可愛らしい声を上げて転ぶ。

そこへ最上の拳と天堂の聖剣が襲いかかるが、俺はそれを難なく避けて、鈴乃と朝倉さんに顔を向ける。

天堂と最上がそれに気付いたものの、その時には既に俺は高速移動のスキル縮地を発動し、一瞬で鈴乃と朝倉さんの前に移動していた。

二人はいきなり目の前に俺が現れたことに驚きつつも、後退して魔法を放とうとする。

しかし俺はその隙をついて、まずは朝倉さんの後ろに回り込んだ。

このまま東雲さん同様に転ばせて、動きを封じて――

そう思った瞬間、危機察知スキルが発動する。

俺がすかさずその場から飛び退くと、その場所を一閃、剣が通り過ぎた。

「やっぱり速い……」

そう声を漏らしたのは天堂だった。

「おいおい、殺す気か?」

「そうしないと、傷すら付けられないからね。それに余裕で躱したじゃないか」

そう言って天堂は苦笑する。

「まあな。でもお前も思ってたよりやるじゃないか」

「褒められてると思っていいのかな？」

「当然だ……さあ、仕切り直しだな」

俺はそう言って距離を取り、元の立ち位置まで戻る。

天堂たちが態勢を立て直したところで、俺は告げた。

「さて、ここからは攻守を分けずに行くぞ……全力で俺の首を取りに来い」

そう言ってニヤリと笑みを浮かべると、誰かの「悪役みたい」という呟きが聞こえた。って誰だ今の⁉


それから数分後、予想以上に粘る天堂たちに、俺は感心していた。

勇者だから……というよりも、幼馴染だからこそ、ここまで連携できるんだろうな。

そんな呑気なことを考えていると、鋭い一撃が繰り出された。

「おっと、よっ、うおっと」

俺は天堂、最上、東雲さんの攻撃を華麗に捌き、攻撃に移る。

「なっ、消えた⁉」

「嘘だろ⁉」

俺の動きを捉(とら)えられなかった天堂と最上が、焦った声を上げる。

「ッ⁉　後ろ‼」

唯一俺の気配を捉えた東雲さんが、振り向きざまに剣を薙(な)ぎ払うが、俺はそれを金剛で硬化させた手で受け止めた。

「嘘⁉」

俺は掴んだ剣を引き寄せて東雲さんのバランスを崩させて、そのまま投げ飛ばす。

と、そこで頭上から影が差した。

東雲さんの声で俺に気付いた二人が飛び上がり、上から攻撃してきたのだ。

俺はあっさりとそれを躱したのだが、すかさずそこに鈴乃と朝倉さんの魔法が叩き込まれた。

飛来したのは、またしてもホーリーアローとファイヤーアロー。

しかし俺は、剣を振るってその二つの魔法をかき消した。

「なっ⁉」

「魔法をぶつけて相殺(そうさい)したのか⁉」

「ううん、魔法が発動した気配はなかったよ」

「じゃあ……」

「多分何かのスキルか、あるいは単に力任せか。それでも魔法を打ち消すなんて……」

混乱する天堂、最上、鈴乃、朝倉さんと、体勢を立て直してこちらに戻ってきた東雲さんが推測を口にする。

そんな五人に、俺は答えた。

「東雲さん正解だ。俺は単に、力任せに剣を振るっただけだ」

「そんなことが可能なの？」

東雲さんの問いに頷く。

「もちろんだ。ちなみに言っとくが、俺は始まってから一度も魔法を使っていないからな？　全部スキルだけだ」

俺の発言に五人はシーンと静まり返った。

「「「「「……えぇぇぇぇぇぇぇぇッ⁉」」」」」

ちょ、うるさい！

「ま、魔法を使ってないだなんて……」

「う、嘘だよな？　頼むから嘘だと言ってくれ……」

天堂と最上が嘆(なげ)くが……

「残念ながら本当だな」

「くっ、それなら魔法を使わせてやるまで‼」

「できるのか？」

俺はそう挑発しながら、退屈していないかとフィーネたちの様子を窺う。

するとその時、アイリスのお腹が可愛らしく鳴った。

どうやら聴力(ちょうりょく)を強化していた俺にしか聞こえていなかったようで、隣にいるフィーネに気付いた様子はない。

アイリスを見ると、俺が気付いたことを理解したのか顔を真っ赤にしてしまった。

「晴人君、余所見(よそみ)とはずいぶん余裕じゃないか！」

天堂が挑発し返してくるが、俺は受け流す。

「いや、うちの可愛いお姫様がお腹を空(す)かしているみたいだからな、さっさと終わらせてもらうよ」

「何を言って――」

俺は気配遮断と身体強化、縮地を併用し、一瞬で五人の後ろに回り込むと、後衛の鈴乃と朝倉さんの無防備な首に手刀(しゅとう)を入れて気絶させる。

「後ろだ！」

鈴乃と朝倉さんが倒れた音に気付いた最上が、振り返りながら声を上げた。

「気付いたなら速やかに距離を取るべきだったたな」

「なッ⁉」

いきなり目の前から声がしたことに驚いている最上の腹に拳を入れ、こちらも気絶させる。

「慎弥！　――だけど貰った‼」

東雲さんは隙を突いたつもりだったのだろう、鋭い一撃を叩き込んでくるが――

「不意を突くなら静かに」

俺はその剣を弾いて距離を取る。

そしてそのまま再び天堂と東雲さんの視界から消え、今度はステルスも発動する。

いくら見渡しても俺がいない状況に、天堂と東雲さんは背中合わせになって警戒していた。

「気を付けて！」

「分かってる。そっちこそ！」

「ああ！」

ただ、いくら背中合わせと言ってもピッタリとくっついているわけではない。

俺は二人の間にできたわずかな隙間から、東雲さんの首を狙って手刀を入れた。

東雲さんが倒れる音がして、天堂はようやく事態に気付いた。

「なっ、葵⁉」

そして俺は、そこから少し離れた場所で姿を現した。

「いや～、お前ら、なかなか強かったぞ」

「この状態でそれを言われてもね……」

ハハ、と乾（かわ）いた笑い声を上げる天堂に、俺は真剣な表情で言う。

「天堂、本気で来い。俺も全力でやる。これが最後だ」

その言葉に、天堂は表情を引き締めた。

俺はまず魔力操作のスキルで体の周りに魔力をまとわせ、魔法攻撃への耐性を上げる。

続いて、ダインから複製（コピー）した戦闘力を上げるスキル『闘気』を発動し——そこであることに気付いた。

先ほど魔力操作でまとった魔力が、真紅に染まっていたのだ。

それと同時に、いつもの無機質な声が頭に響く。

《スキル〈闘気〉より、スキル〈魔闘（まとう）〉を獲得しました。〈武術統合〉へと統合されます。

スキル〈闘気〉が消滅しました》

ん？　闘気の代わりに何か手に入った？

〈魔闘〉

魔力操作と闘気を同時発動することで発現するスキル。

身にまとった魔力が可視化され、魔法耐性、身体能力が大幅（おおはば）に上昇する。

使用者の魔力がある限り使用可能。なお、魔力の色は使用者に依存する。

けっこう強力なスキルだな……

そしてこの真紅は俺の魔力の色だったんだな。錬成の時も、この色の雷みたいなのが光ってたもんな。

「は、晴人君、それは？」

天堂は俺の姿を見て、目を丸くしている。

「そうだな……身体強化の超すごいやつ、かな？」

俺はそう言って、さらに魔力の濃度（のうど）を濃くする。

「うっ……」

天堂はプレッシャーを感じているのか、冷や汗を垂らす。

「どうした、来ないのか？」

「――うおぉぉぉぉッ!!」

更に威圧を放つと、天堂は雄（お）たけびを上げた。

気持ちを奮（ふる）い立たせた天堂の目には、強い光が宿っている。

それはまさに、強敵に挑（いど）もうとする勇者そのものだった……って、そう考えると俺の魔王っぽさがますます増してなんか嫌だな。

そんなことを考えていると、剣を構え直した天堂が集中力を高めているのが分かったので、俺も剣を構える。

そうして睨み合うことしばし、天堂が「はぁぁぁッ！」という声と共に動き出した。

「――ファイヤーボール！」

駆け出しながら、天堂は俺の足元に魔法を数発放つ。

それらは全て狙い通りに着弾し、大量の土煙が舞った。

俺は剣を振るい、土煙をあっさりと霧散させる。

天堂の姿は既に前方になかったが、俺は焦らない。

気配察知で、天堂が縮地を連発して俺の背後に回り込んでいるのを捉えていたからだ。

天堂は縮地の移動スピードを生かし、聖剣を振り下ろしてきた。

全身全霊だったのだろう、流石勇者と言うべき鋭い一撃だった。

しかし俺は振り向きながら、鉄剣の腹で聖剣を受け止める。

「なっ⁉」

天堂が止められたことに驚きの声を上げるが、耐久力の限界に達したのか鉄剣は砕ける。

俺はすかさず鉄剣を手放し、縮地を連続使用して、さっきとは逆に天堂の背後に回り込んだ。

「背後がガラ空きだ」

「ッ⁉」

俺の声に反応した天堂が振り向きざまに一閃を放とうとするが、俺は剣を振るおうとする天堂の腕を片手で押さえ、そのままもう片方の手で腹にパンチを入れる。

そのまま天堂は気絶し、手合わせは俺の勝利に終わるのだった。

第19話　新アイテムと旅の準備

そして翌日。

昨日は俺の勝利で手合わせが終わった後、昼食を挟んで午後も鍛錬をしたため、結局丸一日動き回ったことになる。

というわけで、今日は一日休みにしていた。

午前中は各々まったりと過ごし、今は皆で昼食をとっている。

そこで俺は、集まった皆とエルフの里行きについて相談することにした。

「さて、前に話してたエルフの里に行く件だけど、エフィルの体調も万全、仕事と護身術もライラたちに最低限教わったらしいってことで、明日には出発しようと思ってる。メンバーは俺、フィーネ、アイリス、エフィル、アーシャ、鈴乃、天堂、最上、朝倉さん、東雲さんだな。天堂たちに関しては、まだまだ鍛え足りないから付いてきてもらって、道中で鍛えるつもりだ……何か意見はあるか？」

「同行中も鍛えてもらうのは構わないし、むしろありがたい話なんだけど……出発は明日？　けっこう急なんだね」

天堂のそんな言葉に、俺は頷く。

「まあ、元々数日中に出る予定だったんだ。準備にそんな時間はかからないし、何よりも里がどうなってるか、エフィルが気になっているだろうからな」

そう言ってエフィルを見ると、「ありがとうございます！」と頭を下げた。

「いいって。俺も気になってるんだ……というわけで、この後ディランさんに報告しに行こうと思う。ただ一つ、気がかりなことがあるんだよ」

「気がかりなことですか？」

「ああ、屋敷の管理をどうしようかと思ってな」

俺はフィーネの疑問に答えた。

そもそも、屋敷の維持はアーシャとセバス、ライラ、ミアだけだと手が回らないから、という理由でエフィルを買ったんだよな。それでアーシャとエフィルを連れていったら、本末転倒(ほんまつてんとう)な気がする。

そう考えていると、セバスが頭を下げる。

「屋敷の管理と維持だけならば、私ども三人で十分でございますのでご安心ください」

「そうです。任せてください」

「そうですよハルト様！」

セバスの言葉に、ライラとミアも続く。

「そうか、セバスがそう言うなら任せるよ。ディランさんには言っとくから、もし人手が足りなかったらセバスからお願いしに行ってくれ」

「かしこまりました、お気遣いいただきありがとうございます」

セバスはディランさんの元執事だから、お願いしづらいということはないだろう……というかそもそも、そのディランさんの命令でここに送り込まれている疑惑もあるしな。

まあ、いざって時は瞬間移動で戻れるから大丈夫か。

――って、あ。

大事なことに気付いたぞ。

「どうかされました？」

俺の様子に気付いたのか、フィーネが首を傾げる。

「いや、連絡手段がないなーって思ってさ」

その『いざって時』に連絡が来なければ、戻るも何もないのだ。

「手紙でいいんじゃないの？　王族なら通信用魔道具があるのだけど」

アイリスがそう言うが、手紙じゃあ遅いんだよな……って、今なんて？

「アイリス、今何て言った？」

「え？　手紙でいいんじゃないの？　って」

「違う。その後だ」

「通信用魔道具のこと？　私が知ってるのは、世界各国の王と通信ができるものだけど、国に一つしか存在しないし、王しか使えないわよ？」

あーなるほど、それで俺の冒険者ランク昇格の相談をしたんだな……って、そんなのはどうでもよくて。

通信用魔道具がこの世界に存在しているなら、俺が持ってる『魔道技師』のスキルで作れるんじゃないのか？

俺はそう考えて、魔道技師のスキルを発動してみる。

すると脳内に、通信用魔道具に必要な材料が流れ込んできた。

よかった、この材料なら異空間収納内にある物だけで作れそうだ。

「国に一つしか存在しない、ね……だったら作ればいいんだろ？」

「またそんな簡単に言って……できるの？」

「まあ見てろって」

俺はそう言って、パンと手を叩いて勢いよく口を開いた。

「……さーて始まりました、今日の魔道具開発！　今回は、通信用魔道具を作ってみようと思います！」

「……誰に話してるの？」

テレビ通販ばりのテンションで話し始めた俺に、アイリスが怪訝な表情をする。フィーネやエフィルなど、こっちの世界の面々も似たような表情だ。

天堂たちは笑いを堪えているので、まあ良しとしよう。

「まず用意するのはこの魔鉱石」

俺はそう言いながら、自分の刀を作る時に使った魔鉱石を、異空間収納から取り出す。

「なんと、あんなに魔力が込められた鉱石は初めて見ました……」

そりゃそうだろう、セバス。採掘したものじゃなくて、俺が作ったものだからな。

次に異空間収納からミスリルを取り出す。

「それと、ミスリルを少々」

「み、ミスリルって……あの量でも百万ゴールドくらいの価値はありますよ……いつの間に採掘してたんでしょう」

それはなフィーネ、野営の時とかにちょくちょくやってたんだよ。

「一応装飾用として、宝石も」

「あれはスカイハイでしょうか？　そこいらの貴族でも簡単には買えない代物ですよ」

俺を取り出した宝石を見て、アーシャがそう呟いた。

あ、そうなの？　鉱石採掘の時に他の宝石類と一緒にけっこう集めたから、必要だったらいくらでも出すよ？

「……さて、材料はたったこれだけ！　まずは錬成スキルで、ミスリルからネックレスのチェーンを作ります。一緒に、魔鉱石と宝石を嵌める土台も作っておきましょう」

俺はそう言って、真紅の雷を迸らせながらミスリルの形を変えていく。

「続いては魔鉱石の加工です。こちらも簡単、錬成スキルで魔法陣を書き込むだけです」

「いや、簡単って……媒体になれるだけの魔力容量がある素材がめったにないこと以外にも、その魔法陣を書き込むのが技術的にも魔力的にも難しいから、通信用魔道具は国に一つしかないんだけど……」

アイリスが呆然としている。あー、そんな理由だったのか。

「最後に余った土台部分に宝石を嵌め込んで、通信用魔道具の完成です！　ね？　簡単だったでしょう？」

俺がおどけてそう言うと、全員が首を横に振った。

それから俺は、同じ手順でもう一つ魔道具を作成して、セバスに手渡す。

「それじゃあセバス、一つはセバスに預けるから、使用人の誰かが常に持っておくようにしてくれ」

「かしこまりました……このように貴重なものを常に持つと考えると、少し緊張しますな」

そう言って、セバスが苦笑する。

まあ確かに、国に一つしかないような魔道具と同じ性能って考えると、相当貴重だよな。

持つどころか、触ることもほとんどないんじゃないか……って、使い方とか調べてなかったな。

俺はそう思いながら、手元の魔道具を神眼で鑑定する。

名前　：魔通の守護石
レア度：幻想級
備考　：晴人によって制作された通信用魔導具。
魔力を注ぐことで、空気中の魔力を介して、遠く離れた相手と通信ができる。

えーっと、幻想級？　マジ？

予想外の鑑定結果に引きながら、全員の顔を見回す。

どうやら天堂たち勇者組も鑑定していたようで、頬を引き攣らせていた。

気持ちは分かる。俺でもちょっと引いてるもん。

しかしそれを顔に出さないようにして、使い方を説明することにする。

「あー、使い方は簡単。魔力を流しながら話すだけで、離れた相手に声が届く。誰かが話してる時は淡く光るから、そのタイミングで自分も魔力を流せば、石から声が流れるようになっている。空気中に魔力がある場所なら、どんなに離れていても通信できるっぽいな……ちなみに幻想級(ファンタズマ)だ」

最後にボソッと付け加えると、セバスとライラ、ミアが騒然(そうぜん)とする。

「幻想級(ファンタズマ)!? そんな凄いものなのですか!?」

「らしいな。なくすなよ？」

ふざけてそう言うと、ライラとミアの二人は真っ青になってコクコクと、セバスだけは「もちろんです」と平然とした様子で頷くのだった。

「――さて、そろそろディランさんのところに行くか」

通信用魔道具を一通り試してみたところで、俺たちはディランさんのところに行くことにした。

「そうしましょう。ついでに食料品や服も買っておいた方がいいですね」

フィーネの言葉に、俺は頷く。

「そうだな、旅に必要なものも多めに買っとくか」

そうして俺たちは、セバス、ライラ、ミアに留守を任せて、王城へ向かった。

あっさりと客間へ通されて待つことしばし、疲れ切った様子のディランさんがアマリアさんと一緒に入ってきた。

「待たせてしまってすまないな。今日の執務がさっき終わったところなんだ」

「ふふ、ハルトさんとアイリスが来てるって聞いて、慌てて仕事を終わらせてましたものね」

「そ、それは言わんでいいだろう」

アマリアさんにからかわれて、ディランさんは顔を赤くした。相変わらず仲がいいな。

「いや、気にしないでくれ。こっちこそ急だったしな……それで今日は、出発の報告に来たんだ」

俺の言葉に、ディランさんは不思議そうにする。

「出発？　ああ、この前言っていたエルフの里のことか」

「ああ。明日、王都を出ようと思ってる」

「数日のうちにとは言ってたが、それにしても急だな……ん？　その子は初めて見るが……」

そこでようやく、ディランさんはエフィルに気付いたのだろう。じっとエフィルを見つめる。

「この子がエフィルだ。前に言ってたエルフの姫だよ」

「よ、よろしくお願いします」

「うむ。よろしくな。エルフの姫君」

「エフィルちゃん、よろしくね～」

エフィルが挨拶すると、ディランさんとアマリアさんはにこりと笑った。

そしてディランさんは、俺に向き直る。

「ハルトの実力なら大丈夫だと思うが、アイリスのことは任せたぞ」

「ああ、任された。アイリスに手を出す輩（やから）は誰だろうと叩き潰すさ。それがどの国だろうとな」

俺がそう言うと、ディランさんとアマリアさんは顔を引き攣らせて「あ、あぁ。頼むよ」「よ、よろしくね？」と答えてから、アイリスをじっと見つめる。

「気を付けて行くのだぞ？　何かあればハルトを頼りなさい」

「分かったわ！　でもハルトの側（そば）が世界で一番安心だから大丈夫よ！」

ディランさんに頷いたアイリスへと、アマリアさんが諭すように言った。

「それでも、ちゃんと自分で身を守るのよ？　ハルトさん、アイリスを少し鍛えてあげてね」

「分かった、そうだな……ドラゴンを軽く倒せるくらいには鍛えておくよ」

「「いや、流石にそこまでは……」」

俺の言葉に、ディランさんとアマリアさん、そしてアイリスまで声を揃えて呟くのだった。


城を出た俺たちは、食料品を買ったり、服を買ったりするために大通りへ向かった。

女性陣の買い物に時間がかかるというのは、どの世界でも共通なのだろう。食料品を買う時間の、軽く三倍はかかった。

後半の方は、俺も天堂も最上も、げっそりしたほどである。

そんな買い物を終えた俺たちは、大量の荷物を抱えて屋敷に戻ってきた。

「あー、この量の荷物、どうすればいいのかな……」

いったんホールに荷物を置くと、その多さに天堂が呟く。

「そうだな、荷物を持っていくのは俺の異空間収納でなんとかなるからいいけど……問題は馬車の方だな」

そう言うと、フィーネがハッとした表情になる。

「確かに、この前買った馬車だとこの人数は乗り切れませんね……もう一台、馬車を買いますか？」

今回のエルフの里行きのメンバーは、俺、フィーネ、アイリス、アーシャ、エフィル、鈴乃、天堂、最上、朝倉さん、東雲さんの計十人だ。

「いや、馬車が二台だと面倒だ……俺の力で何とかするよ」

「晴人君の力？」

不思議そうにする天堂に頷いて、俺は皆に声をかける。

「とりあえず、皆付いてきてくれ」

そう言って向かったのは屋敷の裏。

俺はまず、異空間収納から馬車を出し、扉を開けた。

「見ての通り、この馬車に十人は乗れないが……ここで突然ですが、晴人の大工教室のコーナー！」

俺の突然の発言に、全員がポカンとする。

「さーて、今日作るのは扉です！　まず材料はこちら！　どのご家庭にもある木材と鉄です。今から木材をカットしていきます」

俺はそう言って、異空間収納から取り出した木材を宙に放り投げ、愛刀で神速カットを行う。

「はい、こんな感じですね」

「そんなカットできないよ⁉」

「……次は鉄を使います」

「スルーしないで⁉」

天堂が何やら言ってるが、無視して言葉を続ける。

「鉄はこのように錬成スキルを使ってネジと釘、ドアノブを錬成します。そしたら後は組み立てるだけです」

俺はそう言いながら、ドアを組み立てていく。このままだと味気ないので、軽く装飾品も取り付けた。

そうして出来上がったのは、細い木の枠に囲われたドアだ。

「完成しました！　なんということでしょう。あの木材と鉄が、このような豪華な扉になりました！　皆さんも是非試してみてはいかがでしょうか？　これで晴人の大工教室はおしまいです！　ではまた今度！」

今度があるのかは知らないけど。

と、そこまで黙っていた鈴乃が口を開いた。

「い、一瞬すぎて意味が分からなかったね……」

「いやいや、そのうち鈴乃にもできるようになるって」

「無理だよ!?」

まあ俺も無理だとは思ってるけど。

「さて、扉もできたことだし、取り付けるか」

俺はそう言って、扉を持って馬車に乗り込み、壁に適当に取り付けた。

とはいえこのままだとただの扉の形をした飾りなので、大量の魔力を込める。

そしてそのまま時空魔法を発動し、この前フィーネと一緒にワイバーン亜種を倒しに行った時に作った亜空間へと続く門を作った。

確認のために扉を開けると、そこには馬車の壁ではなく、真っ黒なモヤのようなものがあった。

「な、何これ?」

恐る恐る聞いてくるアイリスに、フィーネが答えた。

「亜空間に続く門……ですよね、ハルトさん?」

「ああ、正解だフィーネ」

俺が頷くと、続けて天堂が尋ねてくる。

「亜空間って?」

「俺が作ったもう一つの世界ってとこだな。前に一度作ったんだけど、そこに繋いだんだよ。馬車に乗りきれない奴らは、移動中はこの中で過ごしてもらおうと思ってるんだ」

本当は新しい亜空間を作ってもよかったんだけどな、時間と魔力の節約だ。

「ちょっと中を確認してくるから待っててくれ」

俺はそう言い残して、扉をくぐった。

中はこの前見たのと同じ草原が広がっていて、家もちゃんと建っている。

「えーっと、流石にこのままだと十人じゃ狭いから、部屋を増やして、と……」

俺は一人呟きながら、部屋を拡張（かくちょう）していく。

食堂を広くして、テーブルと椅子を追加。寝室も増やして……

前回の作成で慣れていたので、ものの数分で増築（ぞうちく）は終わった。

俺が扉から出て元の場所に戻ると、皆が期待の眼差（まなざ）しで見つめる。

代表して、フィーネが尋ねてきた。

「中はどうでしたか？」

「この前よりも快適になってるぞ」

「結城！　中を見せてくれ！」

「私も見たい！」

「私も」

最上、朝倉さん、東雲さんが目を輝かせて言ってくるが……

「いや、ダメだ」

「「「「「「「えー」」」」」」」

俺の言葉に、全員が不満そうな声を上げた。

「ほら、お楽しみは後にとっておいた方がいいだろ？　今日はゆっくり休んで、明日からの旅に備えようぜ」

そう言うと、皆渋々と頷いた。

そうだ、屋敷に戻る前にマグロにおやつでもやるか。

俺は亜空間への門を庭に出し、中に向かって声をかける。

「マグロ～？　おやつだぞ～」

俺の声に反応して、マグロが亜空間から出てきた。

「おーよしよし、明日からよろしく頼むな？」

「ヒヒィーン！」

その嘶き（いなな）は、まるで「任せろや！」とでも言ってるように聞こえた。

おやつのニンジンをボリボリ食べるマグロを撫でていると、鈴乃が恐る恐る聞いてくる。

「は、晴人君？　マグロって……？」

「ん？　こいつの名前だよ」

俺がしれっとそう言うと、勇者組がヒソヒソ話を始めた。おい最上、センスがねえって聞こえてるからな？

一方アイリスやアーシャ、エフィルは、天堂たちの態度の意味が分からず首を傾げている。

フィーネは『マグロ』が魚の名前だと知っているはずだが、苦笑するばかりだ。

――なんだかチグハグなメンバーだけど、明日からの旅が楽しみだな。

俺はマグロと戯れ（たわむ）ながら、そんなことを思うのだった。

あとがき

読者の皆様、お久しぶりです。作者の WING です。

文庫版『異世界召喚されたら無能と言われ追い出されました。２』は、いかがでしたでしょうか？　お気に入りのシーンなどはありましたでしょうか？

二巻ではフィーネがハルトに抱く想いが明らかになってきたり、四天王が現れたり、ハルトがＥＸランク冒険者になったりと、色々な展開がありました。中でも私が印象に残っているのは、冒険の相棒となる馬のマグロとの出会いや、クラスメイトとの再会です。

何故「マグロ」という名前にしたかというと、特に大した理由はありません。思いつきで書いているうちに、何となくお気に入りになってしまいました。

グリセント王国を追放されてからクラスメイトとの再会に至るまで、ハルトやクラスメイトたちは様々な経験をしてきました。ハルトは生死の境をさ迷った経験もあり、異世界で生き抜くために性格の一部が変わってしまいました。

何はともあれ、彼らの冒険はまだまだ続きます。ハルトの新しい仲間となったエフィルとの出会いが、彼らの旅にどのような影響を及ぼしていくのか。是非、今後をお楽しみに！

さて、ここで一つ趣味の話を挟みたいと思います。

実は私、バイクで温泉巡りなどをしておりまして、埼玉県在住ということもあり、群馬県にある伊香保温泉などによく行っております。

その温泉郷のとある場所に源泉かけ流しの温泉があるのですが、ここがなかなか気持ちの良い場所なのです。他の湯に比べて若干、温度は低いものの、私の肌には丁度いいのでしょう。

また、伊香保温泉の近場には酒屋があり、そこで日本酒を買うのも楽しみの一つです。

ちなみに、近隣には榛名山などの観光スポットがあり見所も沢山。皆様もお近くにお越しの際は骨休めにいかがでしょうか？（……と何故か、温泉地の人みたいになってる。苦笑）

最後に、本作の制作に携わってくださいました文庫版担当者のN様、イラストレーターのクロサワテツ先生及び、全ての関係者の皆様に感謝いたします。

そして何より、本書をお手に取っていただいた読者の皆様に心よりお礼申し上げます。

それでは次回、文庫版の三巻で皆様とお会いできることを祈りつつ。

二〇二三年十二月　WING

アルファライト文庫

この作品に対する皆様のご意見・ご感想をお待ちしております。

おハガキ・お手紙は以下の宛先にお送りください。

【宛先】

〒150-6008 東京都渋谷区恵比寿 4-20-3 恵比寿ｶﾞｰﾃﾞﾝﾌﾟﾚｲｽﾀﾜｰ 8F
（株）アルファポリス　書籍感想係

メールフォームでのご意見・ご感想は右のＱＲコードから、
あるいは以下のワードで検索をかけてください。

ご感想はこちらから

アルファポリス　書籍の感想　検索

本書は、2019年11月当社より単行本として
刊行されたものを文庫化したものです。

異世界召喚されたら無能と言われ追い出されました。2

～この世界は俺にとってイージーモードでした～

WING（ういんぐ）

2023年 12月 31日初版発行

文庫編集－中野大樹／宮田可南子
編集長－太田鉄平
発行者－梶本雄介
発行所－株式会社アルファポリス
〒150-6008東京都渋谷区恵比寿4-20-3恵比寿ガーデンプレイスタワー8F
TEL 03-6277-1601（営業） 03-6277-1602（編集）
URL https://www.alphapolis.co.jp/
発売元－株式会社星雲社（共同出版社・流通責任出版社）
〒112-0005東京都文京区水道1-3-30
TEL 03-3868-3275
装丁・本文イラスト－クロサワテツ
文庫デザイン―AFTERGLOW
（レーベルフォーマットデザイン－ansyyqdesign）
印刷－中央精版印刷株式会社

価格はカバーに表示されてあります。

落丁乱丁の場合はアルファポリスまでご連絡ください。

送料は小社負担でお取り替えします。


ISBN978-4-434-33068-1 C0193